全民微阅读系列

桃花红　梨花白

TAOHUA HONG LIHUA BAI

卢群　著

江西高校出版社
JIANGXI UNIVERSITIES AND COLLEGES PRESS

图书在版编目（CIP）数据

桃花红　梨花白/卢群著．—南昌：江西高校出版社，2017.11（2021.1重印）

（全民微阅读系列）

ISBN 978-7-5493-5039-1

Ⅰ.①桃…　Ⅱ.①卢…　Ⅲ.①小小说—小说集—中国—当代　Ⅳ.①I247.82

中国版本图书馆CIP数据核字（2017）第017565号

出版发行	江西高校出版社
社　　址	江西省南昌市洪都北大道96号
总编室电话	（0791）88504319
销售电话	（0791）88592590
网　　址	www.juacp.com
印　　刷	永清县晔盛亚胶印有限公司
经　　销	全国新华书店
开　　本	700mm×1000mm 1/16
印　　张	14
字　　数	160千字
版　　次	2017年11月第1版 2021年1月第2次印刷
书　　号	ISBN 978-7-5493-5039-1
定　　价	45.00元

赣版权登字 -07-2017-49

版权所有　侵权必究

图书若有印装问题，请随时向本社印制部（0791-88513257）退换

目录

第一辑　临水人洁，近荷心香 / 1

故乡的云 / 1

最后一课 / 4

家 / 7

初恋 / 11

假如 / 14

等待 / 17

生日 / 20

招聘 / 24

成免生 / 28

回家 / 31

时间去哪儿了？ / 34

这样的爱我不要 / 37

我是您儿子 / 40

弥补 / 43

不是误会 / 47

父亲 / 50

最后一个军礼 / 53

酒为媒 / 56

桃花红，梨花白 / 59

第二辑　雾里看花，水中望月 / 63

枪口 / 63

让贤 / 67

淘宝 / 71

英雄泪 / 74

月亮血 / 77

盼 / 80

宋天才小传 / 83

第一次发表作品 / 86

吉祥三宝 / 89

七月 / 92

意外 / 94

带薪干部 / 98

白脸、黑脸 / 101

噩梦醒来是清晨 / 103

守株待兔 / 106

东施效颦 / 109

邯郸学步新编 / 111

叶公好龙新传 / 113

朋友 / 115

对门 / 116

第三辑　岁月如歌，拨动着心底的弦 / 119

治保主任 / 119

贫协主席 / 123

六爷 / 126

麻三 / 130

借粮 / 134

嫂子 / 137

右派 / 140

大字报 / 143

七灶河伏击 / 146

奔袭龙王庙 / 148

裕华攻坚战 / 151

解放大中集 / 154

发绣佛 / 157

王姑泪 / 159

镇海寺的钟声 / 162

第四辑　记忆中，那片海 / 166

父亲的心事 / 166

谭鞋匠 / 169

刺绣皇后 / 173

画师 / 177

老箍桶匠 / 180

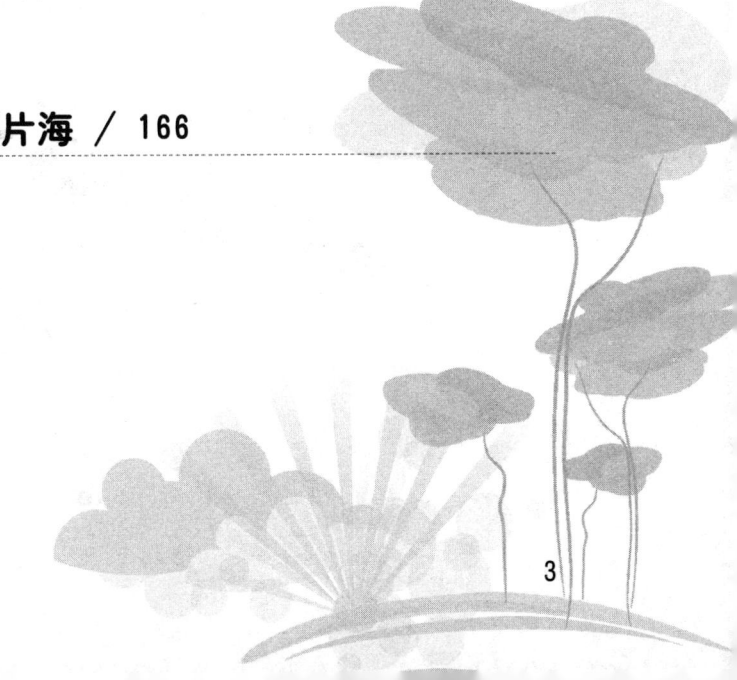

张裁缝 / 185

乡村设计师 / 189

母亲的货郎担 / 192

按错爱情密码后 / 196

振作 / 200

偶然 / 204

第 11 次应聘 / 207

哑巴篾匠 / 209

债 / 212

眼泪直流 / 215

第一辑　临水人洁，
　　　近荷心香

　　小米饭把我养育，风雨中教我做人。故乡飘来的云，渐行渐远的乡亲，缓缓流淌的亲情友情，家里家外的种种艰辛，俱成千军万马，奔涌到我的笔下，让我感慨，令我动容，不知不觉，我成了他们的代言人。

故乡的云

顺子没有推托。顺子把钱悉数寄了回去。顺子在短信中说，云子，母亲就托付给你了，我欠你的，来世加倍偿还。

当晚，顺子就梦见了蓝天、白云、风筝和云子。

桃花红 梨花白

那个梦又出现了。

蓝蓝的天空上，白莲花般的云朵一簇一簇的，尽情地开放着。蓝蓝的天空下，熟悉的村庄、袅袅的炊烟，全都是原来的模样。一声呼唤清脆响起，顺子哥，等等我。云子妹妹，快点啊。两只风筝，相互追逐，扶摇直上，像一对比翼齐飞的鸟。突然，女孩"哎呀"一声摔倒了。云子妹妹，云子妹妹，男孩飞奔过去。风筝趁机挣脱，飞向远处。女孩笑了，笑成一朵粉扑扑的花。

这是一个真实的片段。那个时候，顺子才十二，云子才十岁，他们是邻居。平日里，他们一同上学，一同作业，从没争过吵过。

一日，顺子拿出两只风筝。风筝虽然怪异，却花了顺子几天工夫。云子很高兴，午饭碗一推就跟着顺子放风筝去了。那夜，顺子的梦绚丽起来，白天的情景，电影似的一幕幕闪现，喜得顺子嘿嘿直乐。从此，顺子每天都会在梦中同云子一起放风筝，直到那件事的发生。

那天，顺子正在做鱼香肉丝，突然"哗啦"一声刺响，一个凶狠的声音传进耳膜。顺子来不及丢下菜刀就奔了出来。只见一个面红耳赤的"光头强"，挥舞着半截啤酒瓶，口齿不清地嚷嚷着，苍，苍蝇也能当菜？想，想害老子不成？快，快点说，这，这事怎么办？"光头强"一边嚷着，一边向老板娘逼近。

兄弟，有话好说，有话好说。顺子不顾一切插到两人中间，抓住光头强握酒瓶的手腕稍一用力，酒瓶就"哐啷"一声掉到地上。你，你这是找死！光头强咆哮起来。别骂人好不好？再骂我手上的家伙可不答应。顺子手臂一挥，一道寒光倏忽划过，吓得光头强不再吭声。

当晚打烊，老板娘特意下厨，做了几道小菜。老板娘说，顺子兄弟，今天多亏你，否则还不知道怎么收场，唉，全怪那个负心汉。

第一辑 临水人洁，近荷心香

老板娘的眼睛红起来。

老板娘的遭遇，顺子也是前几天才听说的。夫妻两个辛苦打拼，好不容易盘下这个酒店。谁知酒店刚刚步入正轨，丈夫就搭上一个富婆，不管不顾的私奔去了。从此，老板娘厄运不断，吃霸王餐的、寻衅闹事的、想入非非的，隔三岔五发生一次。

顺子不会劝人，只陪着喝酒，不知不觉醉了。清醒过来，发现自己和老板娘赤身裸体搂在一起。魂飞魄散的顺子，忽地一下坐起来。老板娘拉住他说，别怕，我自愿的，你人勤快又老实，我早已看上你了。你如果不嫌弃，咱俩就一块过。你二十五，我二十八，女大三抱金砖，只要你同意，房子、车子、酒店全是你的。

顺子浑身颤抖，啥话都说不出。顺子是三个月前来这儿打工的。在这之前，顺子家发生了一系列变故，父亲突然病逝，母亲哭瞎双眼，如果不是乡亲们的帮助，顺子都快撑不下去了。尤其是云子，天天过来陪着母亲，帮母亲梳头，剪指甲，烧可口的饭菜，说宽心的话儿。在云子的帮助下，母亲终于振作起来。母亲拉着云子的手说，好孩子，顺子能找到你这样的媳妇，是他一辈子的福分。

为了给云子一个体面的婚礼，顺子不顾家人反对，执意出来打工。顺子学过厨艺，很快被老板娘慧眼识中。实习一周，老板娘便委以重任，让他当上主厨，并开出可观的工资。顺子开心极了，整天盘算着回朝的日子。谁知现在搞成这样，他不知如何才好。

沉默就是默许。老板娘很高兴，天一亮就张罗着将顺子的行李搬了过来。顺子是个传统的人，木已成舟的事，还能说些啥？从此，幸福的梦境不见了，眼睛只要一闭上，就是父亲的呵斥，母亲的痛哭，乡邻的指责，醒来，冷汗一身一身地出。不久，顺子莫名地消瘦下去，浑身软绵绵的没一丝力气,到医院检查,肾衰竭。老板娘痛哭了一个晚上,随后拿出一个纸包。老板娘说,是我命不好,不该得到你,这里有二十万,你拿去看病,以后是走是留,一切由你做主。

顺子没有推托。顺子把钱悉数寄了回去。顺子在短信中说,云子,母亲就托付给你了,我欠你的,来世加倍偿还。

当晚,顺子就梦见了蓝天、白云、风筝和云子。

咚咚咚,突兀的敲门声,将顺子从梦中惊醒。顺子很惊讶,这个地方自己刚刚搬来,谁也没告诉啊。顺子狐疑地打开门,展现在面前的,竟是那个风筝。云子微微一笑,告诉你吧,这个风筝,当晚我就找到了。风筝在我手里,你别想跑!

(发 2015 年 1 月 21 日《盐阜大众报》)

最后一课

同学们,我先给你们讲个故事。老方来不及擦把汗,就亮开了嗓子。初升的太阳,散发着玫瑰色光晕。老方额头上的汗珠,在光晕的照耀下熠熠生辉,像一粒粒色质晶莹的钻石。

天刚亮,老方就出现在长新路上。

这条路,老方不知丈量了多少次,闭着眼睛都能溜达。

可是跨上"飞鸽"不久,老方就感到头沉得厉害,眼睛像蒙上了一层布。老方慌忙跳下"飞鸽",使劲眨了眨眼睛,按了按太阳穴。谁知症状不仅没有好转,反而严重起来。老方只好放弃驾驭,与他

第一辑　临水人洁，近荷心香

的"飞鸽"相互依托，蹒跚而行。

按老方原先打算，十分钟赶到学校，十分钟交换意见，十分钟完善讲稿，十分钟准备演说，余下的时间看看校园校貌，听听琅琅书声。可是现在全乱了，这是老方最不愿意的。老方喜欢未雨绸缪，喜欢有备无患。翻开他的字典，就没有迟到、拖拉、应付等消极的词儿，否则老方也不会年年上光荣榜，登领奖台。

老方很恼火，不就少睡几个钟头吗？放在过去，几天不睡觉是常有的事，什么时候这么怂过？

老方也懊悔，不该不听老伴的劝。为了这一课，老方琢磨了好几天，讲稿改了又改看了又看。老伴一觉醒来，见他还在忙着，忍不住怨道，什么时候啦？还不睡觉，想累死啊？上了几十年课，至于这么为难？

老伴说得不错，老方负责宣教，每年都要下社区或单位宣讲，上的课有几百堂。可是老方认为，对象不同，讲课的内容和方法也应不同。即便是同一所学校，也应该常讲常新，与时俱进。尤其是今天，意义更不一般。老方已办了退休手续，他想站好最后一班岗，想给自己画个完美的句号。

到了学校，学生已经整队完毕。只等老方闪亮登场。

同学们，我先给你们讲个故事。老方来不及擦把汗，就亮开了嗓子。初升的太阳，散发着玫瑰色光晕。老方额头上的汗珠，在光晕的照耀下熠熠生辉，像一粒粒色质晶莹的钻石。

方科长，您坐下讲吧，校长拿来了椅子。

不用，站着讲带劲。老方挺了挺胸膛说，我讲的这个故事发生在抗战时期，那时我们这儿是日占区，驻扎着一队穷凶极恶的鬼子。

桃花红 梨花白

一日，鬼子下乡扫荡，被新四军包了"饺子"。鬼子恼羞成怒，竟不顾国际公约，朝我新四军驻地投放毒气炸弹。幸亏我方得到情报及时转移，来不及转移的可就遭了殃。

老方的故事是从父亲那儿听来的。每每讲起，父亲总是痛心疾首，唉，要是迅速关闭门窗，用湿毛巾捂住嘴巴，就有可能躲过一劫，可是那个时候谁懂呢？老方心里一动，一个念头冒了出来。读大学时，老方报了人防专业，毕业后顺理成章进了人防，且一干四十余年。

同学们，听了这个故事，你们大概知道我要讲的内容吧？对，我今天讲的题目是《用知识保护生命》。具体内容有三点：一是了解高技术常规武器、核、化、生武器及次生灾害的性能和特点；二是学会自救互救的一般方法；三是增强国防观念和安全意识。

老方根据小学生特点，采用提问式、互动式、图解式、示范式等多种手法，将学生深深吸引。

太阳跃上了树梢，光华洒满校园。老方的脸上光闪闪的，汗水把衣服紧紧吸住。老方抹了一把汗，拿出一个橡皮人，给大家示范心肺复苏。老方刚一屈膝，尖锐的刺痛就电流般穿透全身，霎时，老方像刚洗过桑拿似的，千万颗汗珠争相而出，千万数条小溪欢快流畅。老方知道，老毛病又犯了。

老方的毛病由来已久。那年深秋，这里发生了百年不遇的洪灾。老方为了人防设施免遭损坏，站在齐腰深的水中守了整整一夜。待别人替换时，他已不能迈步。从此，老方就患上了风湿病。一到阴雨天，两腿又痛又肿，行走十分困难。可是老方从没请过假，有了任务仍然抢着上。

老方深吸一口气，重新示范起来。师生的目光都聚集在橡皮人上，

第一辑 临水人洁，近荷心香

竟没有发现他的异常。

最后是应急疏散演练。老方一讲完要领，老师们就迅速行动起来，他们运用刚学到的知识，指挥学生紧急疏散，不到两分钟，全校师生就快速有序地聚集到了指定地点。

望着同学们红扑扑的小脸蛋，老方悄悄笑了。

（发 2014 年 11 月 10 日《江苏文艺报》、2015 年 1 月 31 日《大丰日报》）

家

我的话一说完，二床就叫道，大姐，不是那个理，我儿子儿媳倒是天天在一块，可是两人像是活对头，一碰就掐，一碰就打，弄得家里鸡飞狗跳，邻里不得安宁。尤其是我生了病，家里少了个老保姆，两个人闹腾得越发厉害。要我说啊，家就是一团和气，就是相互关爱。

天一亮，丫头就忙开了。人走到哪里，微笑就呈现在哪里。

打洗脸水、收拾床铺、扫地擦窗抹柜子，进进出出来来回回，脚步像踩在棉花上，轻盈得听不见一点声响。

谢谢啊！二床一脸感激。

费心啦！三床满眼泪光。

不用不用，丫头嫣然一笑，手脚越发利索。

自打丫头来了后，我心里就像有条河，打着卷儿，泛着波光。

桃花红 梨花白

我是大前天入院的。第二天一早，二床三床就来了，丫头也来了。

丫头一露面，我就认出了，笑眉笑眼的，分明是儿子手机中的那个人。丫头拉着我的手说，姨，我叫海霞，志华负责的一个项目，已进入攻关阶段，脱不开身哩，从现在起，您的事我包下了。

话音刚落，志华的电话来了，意思跟海霞说的一样。我没有声张，我倒要看看，他们俩耍什么名堂。

姨，我给您洗脸。

姨，我给您梳头。

姨，我给您剪指甲。

姨，我给您换衣服。

丫头一上任，就大献殷勤。我还没到要人侍候的程度，不过我没有推托，有福不享，傻啊？

洗了脸，梳了头，剪了指甲，换了衣服，我一下子精神起来。

唉！二床叹了口气。

唉！三床抹起了泪。

伯母，我帮你们也拾掇拾掇。

使不得，使不得，二床三床连连摆手。

嗨，举手之劳，客气啥？丫头话到手到，把病房整得跟家似的。

二床眼睛有神了。

三床脸色活泛了。

我也舒坦了许多。

姨，尝尝我做的菜。我睁眼一看，鱼香茄子，家常豆腐，青椒土豆丝，榨菜鸡蛋汤，全是我爱吃的！

伯母，你们也有份。

第一辑 临水人洁，近荷心香

使不得，使不得。

嗨，不就多几双筷子吗？丫头眉眼弯弯的，嗓音脆脆的，穿梭的身影，搅出一屋子的甜蜜。哈，丫头在搞统战呢。

大姐，这姑娘真不错！二床感叹。

大姐，是你儿媳妇吧？三床询问。

人倒是不错，只可惜……我皱起了眉。

我怎能不皱眉？儿子不听话，找了个导游。导游见天往外跑，十天半月不照面，真要娶回来，儿子岂不成了我？

说到我，一肚子苦水。男人是个兵，驻扎在海南岛，中间隔着千山万水，想见见不着，想摸摸不到，相思的苦，说都不好意思说。好不容易熬到能随军，母亲又中风瘫痪，离不开我的照应。尽完孝道，终于可以团聚了，丈夫却去了一个更远的地方。

抱着丈夫的骨灰盒，我哭了三天三夜，最后哭出一个结论：家是什么？就是两口子团团圆圆在一起，就是老婆孩子热炕头。只要我有口气，决不让儿子走我的路，吃我的苦。儿子要解释，我不让也不听。儿子急了，说距离产生美，说两情若是久长时，又岂在朝朝暮暮？我一听，血压蹭蹭直往上蹿，一下子就蹿进了医院。

我的话一说完，二床就叫道，大姐，不是那个理，我儿子儿媳倒是天天在一块，可是两人像是活对头，一碰就掐，一碰就打，弄得家里鸡飞狗跳，邻里不得安宁。尤其是我生了病，家里少了个老保姆，两个人闹腾得越发厉害。要我说啊，家就是一团和气，就是相互关爱。

是啊大姐，你可别跟我学。儿子对象谈得好好的，我却听信谗言，说他们"八字"不合，硬要把他们拆散，结果怎么样？双双出走，音信全无。我这不是作孽吗？说了你们别发笑，要不是遇到你们，要不是海霞姑娘，我死的心都有了。现在我才懂得，亲情最重要，儿子的幸福最重要。

　　二床三床的话，吓得我心惊肉跳。其实我已经动摇了，丫头的善良和勤快，已一点一点征服了我。现在再让她俩一催化，立刻冰雪消融。我忍不住点头，是啊是啊，亲情最重要，儿子的幸福最重要，海霞是个好孩子，我们家有希望了。

　　大姐，你怎么啦？

　　哦，告诉你们一个秘密，海霞就是我儿子的女朋友。

　　什么？海霞你都看不中？

　　呵呵，那是以前，现在我已改变主意。

　　就是，这样的儿媳哪里去找？

　　下午，我做了几项检查。回到病房，二床三床不见了，护士正在收拾她们的床铺。

　　医生，她们俩呢？

　　走了。

　　她们的病好了？

　　她们有啥病？

　　有啥病？我糊涂了，医生这话啥意思？

（发 2015 年 11 期《连云港文学》）

第一辑　临水人洁，近荷心香

初　恋

　　丫头不仅变着法子指使我，还干涉我的私生活。我是个自由惯了的人，真不知道何以忍受丫头的胡搅蛮缠，难道恋爱就是容忍别人颐指气使？就是明知有诈也乐此不疲？我决定讨回公道，看看丫头作何解释。

　　一见面，我的眼睛就被狠狠灼了一下，丫头的羊绒大衣，红得像燃烧的火，晃得我心慌气短，第六感官显示，我的威严受到挑衅。

　　果然，当天晚上，丫头的告急电话就不约而至，师傅，凯西不见了。

　　凯西是谁？

　　狗狗。

　　胡闹！我在加班呢，我凶了一句。上司交办的策划，原本下午OK，丫头的突然加盟，打乱了我的安排。

　　呜呜，它是我这里唯一的亲人，它如果没了，我也活不下去了，丫头的哭腔传过来，隔着电话，我都能看到她的梨花带雨。算了，性命交关的事，再忙也得放一放，师傅不是好当的。

　　从城市的这头到那头，车子开了半小时。一下车，丫头就扑过来，眼泪鼻涕涂了我一身，可怜我的"七匹狼"，立时成了"三花脸"。

　　丫头拽着我，小区、花圃、商场、酒吧，凡是想到的地方，统统找了个遍。丫头的脸绷得紧紧的，泪水在眼眶里直打转。我如芒在背，不知情的，还以为我欺负她呢。

会不会在车子里？焦急中，我灵光一闪。

好像是，不知道，丫头模棱两可。

汪汪汪，一进车库，凯西就大叫起来。

凯西，凯西，丫头破涕为笑。

看着丫头和凯西的亲热劲，我无奈地摇摇头。

隔日，还是前天晚上那个时分，我正躺在浴缸里，手机又大叫起来，师傅，师傅。这丫头，真会挑时间。

凯西又丢了？我揶揄。

师傅，你能来一趟吗？我快撑不住了，丫头气若游丝。

你怎么啦？

胃痛，哎哟，哎哟……

你等着，我立即就到！

推开门，丫头满脸喜气，精神比白天还要好。

师傅，我，我今天生日，丫头低下了头。

太过分了，生日就可以说谎话？我佯装生气。

说实话你能来吗？我不就想生日有人陪陪吗？在家靠父母，出门靠师傅，谁让你是师傅？丫头的口齿又伶俐起来。我没有应战，打口水仗，我不是她对手，况且那一桌子美味佳肴，早已勾起我的馋虫子。

望陇得蜀，古人的话一点不错。从此，丫头视我为护花使者，屁大点事都向我求助。每一次，丫头都理由十足，十足得我不得不一次次顺从。我乃业界精英，竟然被一个小丫头指挥得团团转，这要传出去，脸面往哪儿放？我决定报复一下，我对丫头说，从现在起，我不再是你师傅，你另择高枝吧。

第一辑　临水人洁，近荷心香

为啥？是没能力还是没尽职？

都不是，我习惯于独处一室，你在这儿我不适应。

我觉得挺好的，男女搭配工作不累，不是我，这个月的任务你能超额完成？

现在说什么都晚了，上司已同意我的请求，你还是赶快收拾吧。

你当真要赶我？

当真。

确定？

确定。

那好，你不仁我就不义，我一个女孩子，脸面看得比命重，我既然来了，就没打算离开。士可杀不可辱，你如果不收回成命，我就从这儿跳下去，让你愧疚一辈子。丫头嘴里说着，人已到了窗边。

别别别，闹着玩的，我一把拉住她，心吓得咚咚直跳。

谅你也不敢，嘻嘻，丫头一脸坏笑。

我又输了，输得比以往任何一次都惨。我不知道，自己何以变得如此弱智？我向表姐请教，表姐叫道，恭喜恭喜，表弟啊，你终于恋爱了。

笑话，谁恋爱了？我恨她恨得牙痒痒。

小样，没有爱哪有恨？表姐把我拉到镜子前，你看看，青春、阳光、帅气，整个一钻石男，过去你有这么棒？这就是爱的魔力，爱的滋养。

我定睛一看，干练潇洒，容光焕发，精神得连我自己都不认识了。过去，我生活潦草，不修边幅，快活自在，优哉游哉。丫头一来，我的好日子过到了头。丫头不仅变着法子指使我，还干涉我的私生活。我是个自由惯了的人，真不知道何以忍受丫头的胡搅蛮缠，难道恋

桃花红 梨花白

爱就是容忍别人颐指气使？就是明知有诈也乐此不疲？我决定讨回公道，看看丫头作何解释。

师傅，师傅。

想到曹操曹操到，丫头来了。我的脸燃烧起来，心狂跳起来，我晕，难道我真的恋爱了？

（发 2015 年 11 期《北京精短文学》、2015 年 2 月 14 日《大丰日报》）

假　如

老哈，过来一下，是人事科长在召唤。老哈木木地站起来，木木地走过去，木木地听领导讲话。领导讲了什么，老哈一概没听清。领导让他谈谈认识，老哈张口就说：假如……

老哈的十个手指头飞快地舞蹈着，如同十个快乐的小精灵，腾挪跳跃，此起彼落。

品行一二三，能力甲乙丙，成绩 ABC……老哈文如泉涌，灵感大发，兴奋得怎么也停不下来。

不写不知道，一写吓一跳。审稿的当儿，老哈一直被自己的优秀感动着。可是上级要求，演讲必须控制在十分钟以内，老哈的先进事迹别说十分钟，一个小时都说不完。没办法，老哈只得忍痛割爱。

其间，老哈数次模仿好舌头华少，企图以速度化解时间危机。谁知舌头不听话，不是发错音，就是读错字，再不就是打结巴，逼

第一辑　临水人洁，近荷心香

得老哈不得不一次次开杀戒。老哈痛苦极了，每删一句话、一个词、抑或一个字，都像是剜心尖上的肉，疼得直哆嗦。好在老哈反应快，政策面前人人平等，自己不好受，别人也好不到哪儿去。这么一想，老哈就又开心起来。老哈四十有二，如果这趟车再赶不上，仕途铁定没戏。机不可失，时不再来，老哈已没有退却的余地。老哈用一天时间熟背讲稿，一天时间反复演习。面试那天，老哈特意起了个早，理了发，修了面，穿上了一身挺括的新西装。

面试顺序是事先定下的。老哈运气好，最后出场，有充足的时间学习和借鉴。

首先上场的是老马。老马依然是平常装束，灰不溜秋土里土气，掉进人堆里找都找不到。老哈暗暗一乐，先在心里把他比了下去。

接着是小王。小王第一次参加干部选拔，心里像有头小鹿在蹦跶，两只手慌得不知放哪儿好。老哈觉得自己又向成功迈进一步，欢喜得差点笑出声来。

第三个登台的是罗娟。罗娟像是打了鸡血，由着嗓子一路飙升。老哈悄悄看了一下，很多人都皱起了眉头，捂起了耳朵，哈哈，天助我也。

轮到老哈了。老哈一亮相，现场哗声一片。大冷的天气，别人都裹得严严实实的，只老哈西装革履，轻装简从。老哈深吸一口气，再轻轻吐出，让面部的肌肉尽量放松，脸上的笑容自然平和，这是老哈对着镜子苦练出来的本事，它不仅可以保持良好形象，更能稳定情绪，增强自信。待一切调整到最佳状态，老哈的表演才真正开始。

尊敬的各位领导、各位同事，下午好！此时此刻，我能以一个竞争者的身份走上演讲台，向各位展示自己，心里既激动又紧张……

桃花红 梨花白

老哈声情并茂、抑扬顿挫，关键词句还辅以肢体语言，一招一式颇有名嘴范儿，吸引得众人目不转睛，频频点头。

大风乍起，正是扬帆之时。各位领导，各位同事，不管结果如何，我都会为我们公司这艘前进的大船，贡献出全部的光和热！最后，当老哈以一个漂亮的挥手结束演讲时，自己都激动得泪流满面。

接下来是民主评议，按德、能、勤、绩给候选人打分。老哈感觉不错，很想早一点知道结果。领导却不解人意，评议一结束，就将测评表收进包里，搞得老哈没着没落的。

最后一项是座谈了解。当人事科长报出一长串名字时，老哈没来由地打了个冷战。这可不是个好征兆，老哈一下子想起很多很多。小徐是老哈的徒弟，这孩子贪玩没长进，老哈恨铁不成钢，常把他训得眼泪汪汪的；大成为了高级职称，背地里给老哈使坏下绊子。老哈知道后得理不饶人，搞得大成狼狈不堪；产品论证会上，一位领导哇啦哇啦不懂装懂，全场没一个人站出来甄别，唯老哈不留情面一针见血；领导班子调整那会，李主任唯恐节外生枝，私下里一个个打招呼。别人都乐得送顺水人情，唯老哈不识时务……老哈坐不住了，冷汗一身一身地出，脸色一阵一阵的白，心揪成个大疙瘩。

老哈，过来一下，是人事科长在召唤。老哈木木地站起来，木木地走过去，木木地听领导讲话。领导讲了什么，老哈一概没听清。领导让他谈谈认识，老哈张口就说：假如……

（发 2015 年 6 月 22 日《盐城晚报》）

第一辑 临水人洁，近荷心香

等 待

车子终于到了，接站的人呼啦一声围上前去，问好声、说笑声响成一片。奎叔奎婶也在这堆人中间，目光被牵来牵去的，直到车子吐完了最后一个乘客，也没有看到要接的人。

冬日的夜来得早，六点钟一过，天就墨黑墨黑的。

奎叔吐掉最后一颗烟蒂，恨恨地说：不等了，回家！

奎婶说：来都来了，再等等吧。

奎叔说：等个头啊？要回来早到了，兔崽子，白养了！

奎婶说：也许是加班车呢？还是等等吧。

奎叔说：要等你等，我走了。

奎婶没再搭腔。奎婶知道，只要自己不动身，男人就走不远。果然，只走了三四步，奎叔就重重地蹲下身去，双手抱着脑袋，呼呼地喘着粗气。

奎婶只一个儿子。小时候，两人最喜欢接送儿子上下学。儿子的小手肉肉的，握在手里像面团。后来，儿子的手渐渐地有了骨感。儿子不好意思再让父母牵着，怕同学笑话。奎叔眼睛一瞪，怕啥？再大也是我儿子。小学、中学、大学，儿子一路的读过去，最后还成了城里人。

"三世修不到城角落"，这下不得了，一村子人都来道喜，恭维的话能醉倒人。后来，儿子又在城里找了对象，结了婚，生了儿子，

17

桃花红 梨花白

当上了干部。喜事一桩接一桩，喜得老两口心花怒放。

当然，鱼和熊掌不能兼得。自从儿子当上了干部，回来的间隔一次比一次长。这一次，已有近四年没回家。过年过节的，只在电话里招呼一声。打电话有什么用，看不见摸不着，徒生烦恼。尤其奎婶，想孙子想得整宿整宿的睡不着。孙子都上幼儿园了，还不知道是胖是瘦，是高是矮，还没听他喊过爷爷奶奶一声。前年，奎婶得了风湿病，躺在床上几个月不能动。奎叔打了好几个电话，想让儿子回来看看。可是儿子总是忙、忙、忙，忠孝不能两全。去年，奎叔七十岁，儿子心血来潮，说要给他庆生日。奎叔本来不想热闹的，因了儿子的一句话，立马改变主意。谁知宴席都散了，儿子还不见踪影。从此，村人看他们的眼神，就成了怜悯。

八月半那天，儿子的祝福又来了。奎叔再也忍不住，跳着脚大骂了一顿。儿子理屈，没敢回一句嘴，待父亲骂完了，才再三保证，春节一定回家。

儿子的话如圣旨。一过腊八，老两口就忙碌起来：杀年猪、灌香肠、腌腊肉、蒸年糕，脸上藏不住的笑。

回家的日子到了。一大早，老两口就爬起来，一个掌勺，一个烧火，欢欢喜喜地整了一桌子菜。看看时间还早，奎婶建议去接孙子，奎叔没有反对，两人草草地吃了几口饭，搭上了去镇里的车。

到镇上才一点钟，省城到这儿的车，一趟是四点，一趟是五点。也就是说，要见到孩子，起码三小时后。奎婶就利用这个空闲，到商店转了转，买了一大包的食品和玩具。

车子终于到了，接站的人呼啦一声围上前去，问好声、说笑声响成一片。奎叔奎婶也在这堆人中间，目光被牵来牵去的，直到车子吐完了最后一个乘客，也没有看到要接的人。

等待是痛苦的。奎叔有烟吧嗒着，时间还好打发些。奎婶就惨了，撇开病痛不谈，心里总有一种不好的预感，生怕儿子再爽约。为了赶跑这些怪念头，奎婶就在心里默默地数羊。也不知数了多少只羊，才把第二辆车数来。

小站又热闹起来，人们又蜂拥而上，奎叔挤在最前面，两只眼比聚光灯还要亮。乘客一个个地下来，又一个个被接走，不一会儿，车肚子就瘪下去了。奎叔不死心，爬上去一看，空荡荡的，立马就骂起来。奎婶悄悄地抹去泪，老伴已经发火了，自己再跟着凑热闹，岂不是火上浇油？儿子再不好，也是心头肉。

夜渐渐深了，街上已看不到一个行人。奎婶的心哇凉哇凉的，胃一抽一抽的疼。突然"吱"的一声，一辆摩托停在面前。舅妈，你们果然在这里。

小军，你怎么来了？

表哥打了一下午电话，没人接，就打给我了。

嗨，打电话干吗？我们不是来接他们了。

舅妈，是这么回事，表哥说了，他有新任务，回不来了。

啥？不回了？奎叔"噌"的一声站起来，没有站稳，"咕咚"一声倒下去。

（发 2016 年 3 月《小说月刊》）

生　日

后来，我们结婚了。洞房花烛夜，我坦白了一切。你却笑道，早知道了，我多划算，一枚鸡蛋，赚来一个好男人。我当即保证，一定要好好珍惜你，让你幸福每一天。

二妹，蛋茶来喽。

三哥，我过生日？

是啊，大寿星哩。

三哥，我是不是老了？

不老，在我眼里，你永远年轻。

讨厌，尽说好话。

没有，骗你小狗。

那你就小狗喽。

是，我是小狗。

小狗。

哎。

小狗。

哎。

哈哈哈。

嘿嘿嘿。

三哥，喂我。

第一辑　临水人洁，近荷心香

好的。

三哥，你也吃。

好的。

三哥，我喂你。

好的。

三哥，好吃吗？

好吃。

哈哈哈。

嘿嘿嘿。

哈哈哈哈哈。

嘿嘿嘿嘿嘿。

三哥，还记得吗？我十岁生日？

记得。

那次，妈妈给我煮了一个鸡蛋，我没舍得吃，带到了教室里。

你是针对花妮的，因为几天前，花妮也带来一个鸡蛋。

是的，花妮把鸡蛋放桌子上滚来滚去的，滚得大家满口生津，眼珠子掉了一桌。

赚足眼球后，花妮剥开蛋壳，一点一点地吃起来。每吃一口，我们都咽一口口水。

我更惨，小妮子故意吧嗒着嘴巴，弄出很大的声响，害得同桌的我，口水泛滥了一整天。

于是，你就像花妮那样，也把鸡蛋放桌子上滚来滚去的，引发了又一轮的口水横溢。

谁知放学前，鸡蛋不见了。我已答应弟弟，要和他共同分享的。

桃花红 梨花白

我一急，眼泪就掉了下来。

看到你哭，我很想把鸡蛋还给你。可是想到奶奶，我犹豫了。奶奶病了，不想吃饭，家里也没有好吃的。

我一哭，同学们都围过来，要求我检查书包，找出偷蛋的贼。

我紧紧地捂着口袋，恨不能变成孙悟空，把鸡蛋悄悄送出去。

这时，老师来了。老师说同学们，我提个建议，下午咱们一起给二妮过生日，大家可以送礼物，也可以表演节目。以后谁过生日，我们都一同庆贺。

我很感谢老师，他维护了我的自尊，也使我的想法得以实现。

中午一到家，弟弟就吵嚷着要吃鸡蛋，怎么都不相信我把鸡蛋弄丢了。

中午一到家，我就用茶把鸡蛋泡开来。奶奶问我鸡蛋哪来的？我说同学给的。奶奶虽然怀疑，还是吃了几口。

下午，老师真给我过生日了。老师给我的礼物是作业本，同学们有的是一粒糖，有的是一小把炒黄豆，有的是半块橡皮，有的是几页白纸，更多的是纸折的飞机或小船。

我知道你稀罕啥，可是我拿不出来，只好用泥巴做了个鸡蛋，用红纸紧紧包着。

你的红纸包在礼物中最显眼，谁知一打开……

嘿嘿，打开红纸包，你愣住了，大家都愣住了。老师却说，礼不在轻重，心意到了就行。

晚上，弟弟看到那么多礼物，高兴得哈哈大笑。

晚上，奶奶还是走了。临走前，奶奶拉着我的手说，娃啊，你是个孝顺孩子，奶奶知足。替我谢谢你的同学，啥时都不能忘了人家。

第一辑　临水人洁，近荷心香

第二天，我们都知道了你的事。老师对我们说，三子是孤儿，大家要帮助他。

后来，我们俩考进了初中、师范，毕业后又一起回到母校。

从那时起，每年生日，我的办公桌上，都会有一个煮鸡蛋。

拿了你的鸡蛋后，我就暗暗决定，一定要加倍偿还，只要有可能，每年都要给你过生日。

后来，我们恋爱了，我们一起看电影，一起逛县城，一起备课改作业，一起看云舒云涌、花开花落，总之，那个时候的浪漫，你都给了。

后来，我们结婚了。洞房花烛夜，我坦白了一切。你却笑道，早知道了，我多划算，一枚鸡蛋，赚来一个好男人。我当即保证，一定要好好珍惜你，让你幸福每一天。

我撒娇道，口说无凭，拉钩为证。我们就一边拉钩，一边说道，拉钩上吊，一百年不许变。

从此，每年你的生日，我都早早准备，鲜花、蛋糕、衣物，当然还有鸡蛋。

浓浓的爱意中，我们执手相伴，走过了而立、不惑、天命和耳顺。明年，我们就古稀了，唉，日子真不经过。

谁说不是？明年我们不但古稀，还是金婚呢。

那你可要给我过两次生日哟。

当然，我已跟孩子们商量好了，咱们拍婚纱照，做纪念册，还要订几桌酒席，把亲友们请来热闹热闹。

哎，想想小时候，真幼稚。

亏得幼稚，否则哪有我们的姻缘。

这倒也是。三哥，过完金婚，咱们还要过钻石婚。

必须的。

过完这辈子，下辈子，下下辈子，咱们还要在一起。

必须的。

口说无凭，咱得拉钩。

行，咱拉钩。

拉钩上吊，一百年不许变！

（发2015年10期《短小说》）

招　聘

一年后，你们走到了一起。你搂着她说，萧雅，知道吗？当初我妈录用你，是因为……

知道，我们很幸运，我们遇到了世界上最好的父母亲，我们得到的爱，比别人要多得多。

1

尽管想到了，你还是很吃惊，眼前的一切，仿若一面镜子，照出了几年前的自己。

那个时候，你也像他们一样，青春的脸上，印满迷茫。父母说，

第一辑　临水人洁，近荷心香

孩子，咱不折腾了，回家去。父母用全部家底，给你开了个门市，几番打拼，你有了今天。

你数了一下，九十九，差不多百里选一，你的心，沉甸甸的。一个导购员，吸引了一众人，就业之难，可见一斑。你不是救世主，唯一可做的，就是公平公正。

你灵机一动，侃侃而谈，求职的痛苦、创业的艰辛、父母的关爱、成功的喜悦，全是自己的故事。

果然，现场活跃了，各种提问纷纷而来。你有问必答，知无不言，招聘会成了研讨会，主考官成了大哥哥。

之后，你在崇敬的眼神中，经过全面考量，最终确定了人选。

刚宣布完结果，母亲来了。母亲说，萧雅也留下，这孩子我喜欢。你愣住了，不明白母亲为什么这样做。那年，你竞争一个省级部门，过五关斩六将，初试、复试均取得很好的成绩。谁知，当你信心百倍地准备最后一搏时，半路上杀出个程咬金，一个从未出现的小丫头，居然直接跻身最后环节，并毫无征兆地"脱颖而出"，将你们统统沦为绿叶。后来你们得知，那个丫头来头大，大得主考官都不得不对她刮目相看。从此，你的人生信条里，"诚信"就排在了最前面。

忐忑不安中，母亲说了真相。孩子，萧雅的妈找过我，犹豫了半天才说道，老姐姐，咱们都是做母亲的，就不藏着掖着了。萧雅这孩子命真苦，一出生就被遗弃。四岁时又生了一场病，病好了，腿却瘸了。为了改变命运，孩子没日没夜的读书，得的奖状有几尺高。可是有什么用？工作还是找不到。这些天，孩子一直闷闷不乐。老姐姐，您这儿不是要人吗？就让萧雅试试吧，工资我们出，不让您为难，行吗？还有，我找您的事，千万别说出去，这孩子要强，

桃花红 梨花白

知道了准不让。

你的心，又一次震颤。前几天，一个女人悄悄地找到你，哭哭啼啼地说了很多话，至此你才知道，疼你爱你的父母亲，竟然不是亲生的。

2

如果有所忽略，你无可挑剔：优秀党员、优秀学干、优秀毕业生，还有各种含金量很高的专业证书。可以说，职场上需要的，你都有。

当然，这只是如果。事实上，你的缺陷，从来就没被忽略过，尽管你有很多的光环。

一次又一次的挫折，颠覆着你的自信。你的沮丧，像百合花的香味，弥漫了整个夏季。母亲开口了：孩子，这点困难算个啥？罗斯福全身麻痹，不照样当美国总统？乙武洋匡四肢残障，不照样是知名作家？还有张海迪，高位截瘫，不照样当政协领导？我就不信了，凭咱的本事，哪儿找不到事做？

你静静地听着，虽然很熟悉，上小学时老师就已讲过，然而从母亲的嘴里说出来，你还是深深震撼，母亲只是个家庭妇女，大字识不了几个。

孩子，明天陈阿姨家招人，你看……母亲终于转入正题，声音像蚊子哼，生怕吓着人。

妈，我去，你立刻应承。母女连心，这些日子，母亲和你一样，食无味，寝无眠，几天之间，平添了许多白发。

到了现场，你愣住了。一个职位，九十九人竞聘，比高考都难！

不过你没有退却，就算是为了父母，你也要争取一下。

轮到你了，你捋了捋头发，整了整衣襟，像以往每一次那样，充满自信，不慌不忙。

你的表现，赢来一片掌声。当然，你还是落选了，预料之中的事，谁都没异议。谁知，奇迹发生了。陈阿姨说，萧雅也留下，这孩子我喜欢。

极大的感动，焕发的是极大的热情。三个月后，陈阿姨喊过你：萧雅啊，我要告诉你两件事。首先，你有一个好母亲，我们录用你，是受你母亲所托。你母亲说得对，你是个好孩子，一点都不比别人差，因此我要告诉你第二件事，从现在起，你就是我们的正式员工，祝贺你。

你报以微笑。其实，母亲所做的一切，你早已料到，所以才格外珍惜。

3

一年后，你们走到了一起。你搂着她说，萧雅，知道吗？当初我妈录用你，是因为……

知道，我们很幸运，我们遇到了世界上最好的父母亲，我们得到的爱，比别人要多得多。

（发 2015 年 8 月 17 日《盐城晚报》、2015 年第四期《闪小说》）

桃花红 梨花白

成奂生

　　成奂生作为村里的首富，几乎年年都要上几回报纸和电视。有一次，中央电视台的记者还对他进行了采访。可是成奂生总是不满足。在他看来，只有让高作家来写，并拍成电影在全国放映，才能真正为他正名。

　　盘龙湾，斗龙港边的一个小村子，如果从地图上找，恐怕连影子都找不到。谁料想，这个拳头大的小村子，却在二十世纪八十年代初，因为一个人而名噪一时。

　　时光退回三十年。那年春天，我们的主人公成奂生，奉父亲之命进城卖泥螺，顺便探望久未谋面的三老表。

　　初进瓢城，成奂生犹如刘姥姥一进大观园，恨不能多长几只眼，把稀奇古怪看个够。尤其是到了老表家，看到宽敞的楼房和现代化设施，更是惊讶得半天合不上嘴。

　　回来后，陈奂生见人就炫耀，说老表家有个方匣子，一按就能看大戏。有个铁皮桶，一扭就能洗衣裳。有个电驴子，跑起路来像风一样快。有个铅笔盒大小的玩意儿，就能同几百里外的人说上话。还有个神奇的皮椅子，只要用劲往上面一坐，它就把你高高弹起……

　　成奂生手舞足蹈眉飞色舞，仅仅半天工夫，就使整个村子家喻户晓。后来，一位姓高的作家得知此事，写出了一篇题为《陈奂生上城》的小说。作家用生动幽默的语言，准确地刻画出社会变革时

第一辑　临水人洁，近荷心香

期农民的生活现状和精神追求，形象地概括了农村发生的可喜变化，引起读者的广泛共鸣。不久，这篇小说还拍成电影，成为那个时候最受欢迎的电影之一。

在这个作品中，作家虽然将"成"改为"陈"，情节也作了很多变动，但知道的仍然一眼就能看出，"陈奂生"就是"成奂生"。

原本只想在乡亲们面前露露脸的成奂生，想不到在全国人民面前丢了脸，羞愧得恨不能将脑袋钻到裤裆里。

黄昏浸染的小河边，父亲找到垂头丧气的儿子。父亲说，小子，有种你就给我活出个人样来，让高作家再给你写一篇。成奂生精神一振，远大抱负油然而生。

成奂生文化不高，也没什么手艺，只有一身蛮力气。但这一点都不影响成奂生的豪情壮志，他要用一双手，从土地里刨出金娃娃。从此，他也像父亲那样，每天顶着星星下地，踏着月光回家，生病了都不肯歇一歇。那年，他家收入首次突破百元大关。

捧着四十五张大团结，成奂生数了又数摸了又摸，高兴得几天都睡不着觉。四百五十块，可以买个老表家那样的电视机，或者洗衣机，或者摩托车，或者皮沙发。究竟先买什么呢？成奂生拿不定主意了。

我看什么都别买，留着扩大再生产。

当过生产队长的父亲，不仅说话权威，目光也比一般人要远。成奂生想想也是，辛苦一年只能买一样东西，以这样的速度追赶老表，猴年马月才能追上？看来死种田不行，得想想别的法子了。恰巧广播里播放红花村水果大王的故事，成奂生当即拜上门去。第二年春天，成奂生在师父的指导下，将几亩责任田全部栽上了果树苗。

桃花红 梨花白

此后，成奂生就像伺候坐月子一样伺候起他的果园来。什么时候施肥，什么时候治虫，什么时候整枝，什么时候浇灌，成奂生掌握得丝毫不差。成奂生还像师傅那样充分使用土地资源，在他的宝贝果园里春播西瓜，夏种黄豆，秋植大蒜，冬栽油菜。年终一结算，乖乖，仅瓜菜就进项千余元，加上苹果、梨子，一下子就成了万元户。

万元户，翻遍盘龙湾上下五千年，再也找不出第二个。于是盘龙湾沸腾了，赞扬声响成一片。老表也闻讯赶来，拍着成奂生的肩膀说不错不错，士别三日，当刮目看。

成奂生的成功，改变了乡亲们的传统观念。随着水果种植户蜂拥而上，成奂生意识到如果不能及时改良品种，在品质上胜人一等，就会被同行拉下。于是他购回《果树栽培技术》、《中国果树》等书籍学习充电，并赴外地引进优良品种回来试种。这些年来，成奂生先后从省内外引进优良的梨、桃、苹果、柿子等60余个水果品种群，其中"早酥梨"作为主打品牌，1999年还成功申报了"麋鹿"牌商标。与此同时，成奂生还在果园里放养了猪、羊、土鸡和鸭鹅，将门前的小河承包下来，养上了鱼、虾、螃蟹和老鳖。盘龙湾成为省四星级乡村旅游景点后，成奂生又率先办起了度假中心，让城里人空闲时来这里赏花、垂钓、采摘水果、品尝农家菜。

新千年以来，成奂生作为村里的首富，几乎年年都要上几回报纸和电视。有一次，中央电视台的记者还对他进行了采访。可是成奂生总是不满足。在他看来，只有让高作家来写，并拍成电影在全国放映，才能真正为他正名。其实这个时候，高作家已经作古，家人没有明说，是怕他受不了。

正当成奂生日夜思念高作家时，传来一件十分纠结的事，他的果园因为修筑高速公路将被征用。听到消息，成奂生像霜打的茄子一下子焉了下去。

镇里知道成奂生的情况比较特殊，就让他当教师的儿子来做工作。谁知儿子刚开口，成奂生就说儿子，我知道你要说什么，其实我已经想明白了，个人的事再大也是小事，国家强大了才有奔头。

（此作发 2014 年 1 月 12 日《盐城晚报》、2014 年 11 月《林中凤凰》）

回　家

新婚离别的煎熬，没有亲身经历是想象不出的。为了麻痹自己，谷雨拼命地工作。可是一躺到床上，相思仍然潮水般汹涌而来，一波一波的，冲击得谷雨不能自已。好不容易盼到回家的一天，却又横生枝节。

一进入腊月，年味就浓了起来。回家的念头，像青藤一样爬满谷雨的心头。

今天是年前的最后一个假日，送完灶王爷就放假了。早饭碗一推，谷雨就催着伙伴们早点出门，利用假日把回家的事情办办好。

路过金润发，大家一商量，决定先购物再买票。

走进大卖场，谷雨熟门熟路直奔女士服饰专卖店。玫瑰丝巾，鹅黄棉袄，咖啡色皮鞋，这些东西谷雨早已悄悄看好，他要给翠花一个惊喜，要把翠花打扮得漂漂亮亮的。

桃花红 梨花白

接着谷雨来到儿童世界。儿子出生才一个多月,见面礼是必须的。宝宝衫、纸尿裤、玩具枪、智力拼图……谷雨也不管合不合适,一下子买了一大包。

最后谷雨来到中老年服装柜台。母亲畏寒,得给她买件厚实一些的冬衣。父亲从未穿过皮鞋,该让他老人家时髦一下了。

东西刚买齐,手机响了。新磊说谷雨,快出来,老板在等我们呢。谷雨说还没买车票呢。新磊说来不及了,回去再说。

回到宿舍,老板跟着跨了进来。老板说趁着工人放假,想把机器保养一下,你们都是维修工,能不能春节不回去,工资三倍发给。谷雨刚想说不,新磊却应承下来。

新磊说一天拿三天的工资,多合算啊,谁还和钱过不去?

谷雨虽然一百个不愿意,但看到二强和四平都点了头,也就不好再说什么。

晚上,谷雨给翠花打了个电话,告诉她春节不回去的事情。翠花说一家人眼巴巴地盼着呢,怎么说变卦就变卦?谷雨说这不是情况特殊吗?咱们四个人一起出来打工,如果我丢下他们独自回去,岂不是太不仗义。你放心好了,等机器一修好,我就跟老板请假。

谷雨是大年初四结的婚,蜜月没过几天,就跟着新磊他们出来打工了。为了迎娶翠花,家里翻盖了新房,添置了家私,也拉下了债务。他想多赚点钱,让家人早日过上无忧无虑的日子。

新婚离别的煎熬,没有亲身经历是想象不出的。为了麻痹自己,谷雨拼命地工作。可是一躺到床上,相思仍然潮水般汹涌而来,一波一波的,冲击得谷雨不能自已。盼星星盼月亮,好不容易盼到回家的一天,却又横生枝节,谷雨长长地叹了口气。

第一辑　临水人洁，近荷心香

不知为何，腊月二十七老板突然发话，明天放假，余下的活儿年后再说。当即老板就兑现了加班工资，另外每人还给了三百元车费。

大喜过望，四个人高兴得欢呼起来。欣喜过后，新磊说能省就省省吧，咱骑摩托回去，这里到家也就四百来里路，两天时间足够了。大家一致赞同，谷雨还特意请人做了面红旗，上书"返乡民工摩托车队"几个大字。

除夕前的苏城，街面上一派节日的景象。小北风把饭菜的香味吹得到处都是，那些香味直往谷雨的鼻孔里钻，哦，回家喽，谷雨忍不住唱起了王杰的《回家》：回家的渴望让我热泪盈眶，古老的歌曲有多久不曾大声歌唱……

歌声吸引了早起的人们，他们赞许地望着这支摩托车队，有人还摆出胜利的手势。歌声也吸引了有着相似经历的农民工兄弟，他们纷纷加入，不一会竟形成一条车的长龙。

街上的人渐渐稠密起来，叫卖声、汽车喇叭声响成一片。突然，一辆警车悄然而至，当起了摩托车队的领队。路的两侧也来了很多警察，帮助车队顺利通行。

警车为农民工开道，这是多么荣耀的事啊，谷雨他们不由得挺直了腰杆，像凯旋的英雄一样。

穿过苏城，前面不远就是无锡了。警车停了下来，一位警官快步走到车队前，告诉大家这里是农民工返乡服务区，免费提供姜汤、面包等食品，还提供车辆维修和医疗救助等服务。大家顿感暖融融的，疲劳和严寒一扫而光。

出了苏城，车队就开始瘦身了。工友们来自四面八方，同行的距离有短有长。每当有人离队，大家都不约而同地停下来，相互拉拉手，说说祝福的话，一副相见恨晚的样子。到了除夕中午，车队就复原到原先的规模。这时，天突然暗了下来。不好，要下雪了，谷雨心里一沉，不由得加大了马力。

忽然，前方斜刺里窜出一辆车子，在公路上扭了几扭轰然倒下。谷雨他们近前一看，是位耄耋老人，额头流着血，东西散落一地。

来不及多想，谷雨轻轻扶起老人，同新磊一起把他送到医院。经过全力抢救，老人终于脱离危险。谷雨这才发觉，回家过年已来不及了。

（发2014年1月15日《盐阜大众报》、2014年第四期《小小说大世界》）

时间去哪儿了？

岁月在走，时光在流，不经意间，与父母分别已有几个年头。时间都去哪儿了？大萌子的歌声终于将恒远惊醒。恒远抹了一把泪郑重宣布，这个周末一定回去。

"门前老树长新芽，院里枯木又开花，半生存了多少话，藏进了满头白发。记忆中的小脚丫，肉嘟嘟的小嘴巴，一生把爱交给他，只为那一声爸妈。时间都去哪儿了，还没好好感受年轻就老了……"

元宵晚会上，当大萌子拉着父亲的手深情地演唱着这首歌时，当她的成长照片在屏幕上一张张地推出时，恒远的心猛地一紧，接着就莫名地疼痛起来。

第一辑　临水人洁，近荷心香

恒远是个农家儿子。十三岁那年，父亲下窑砸伤了腰，生活重担一下子全部压到母亲的肩上。从此，母亲就像个陀螺似的，恨不得一天二十四小时不停顿，忙了地里忙家里，忙了病人忙儿子。经年的辛劳，使得母亲过早地衰老下去。一次，母亲到学校给读高中的儿子送棉衣，老师竟以为是恒远的奶奶。那一刻，恒远就暗暗发誓，一定要好好读书，将来加倍报答。

大学毕业后，恒远考上了省级机关公务员。上班前，恒远特意回了一趟家，想把父母接到城里生活。父母说孩子，找份工作不容易，要把心事放到工作上，别尽想着我们。恒远想想也是，自己还没站稳脚，父母来了住哪儿？

奋斗三年，恒远有了自己的房子。当恒远兴奋地赶回家，提出要接父母进城时，父母说孩子，你要供房子，还要找对象，用钱的地方多着哩，趁我们还能做得动，再帮衬帮衬你。

不久，恒远谈了对象，建立了小家庭。婚后的生活是甜蜜而琐碎的，妻子怀孕、生子、自己入党、升职，喜事一桩连一桩，整天快乐而忙碌着，接父母的事就被耽搁下来。父母也没想到城里住，他们说故土难离，只要你们常回来看看就行。

开始，恒远每年还能回去一趟，后来就渐渐地顾不上了。也不是恒远娶了媳妇忘了娘，而是实在抽不开身。远的不谈就说去年吧，大年初二父亲七十大寿，父母很希望儿孙回来庆贺庆贺。可是当时他正面临选拔，一位副处长到龄让位，要从他们几个年轻的科长中选出一名，这就意味着他要准备笔试、面试，要更好地表现自己，还要做一些其他的辅助性工作，总之要做的事情很多很多。如果这次上不去，下次还不知要到猴年马月。父母得知后连忙安慰，我们

桃花红 梨花白

也就一说而已,你该干吗干吗。恒远连忙保证,清明一定回去。

到了清明,事儿又来了。单位组织出国考察,成员中有他一位。恒远清楚,这是领导的特别关爱,因为除他之外,都是些资深的老处长,自己不能不识数。父母说孩子,千万别辜负领导的栽培,我们一切都好,放心。恒远说爸妈,国庆节我一定回去。

国庆还未到,几个出国留学的大学同窗先后来电,国庆期间搞个同学会,请他牵头办一办。毕业十年首次聚会,这是多么难得多么有意义的事啊,况且大家这么信任,不承担似乎说不过去。于是恒远同父母商量,回家的事放到春节。父母爽快地说行,你开心我们就开心。

马年春节,恒远还是没能回去。腊月二十九,头儿父亲生病住院。消息传来,很多同事都改变计划,自告奋勇前去陪护。恒远犯难了,不回去,父母势必会伤心;不留下,自己势必有所失。权衡利弊,恒远决定还是留下来,回家的事,来日方长。

岁月在走,时光在流,不经意间,与父母分别已有几个年头。时间都去哪儿了?大萌子的歌声终于将恒远惊醒。恒远抹了一把泪郑重宣布,这个周末一定回去。

第二天,恒远特地去了一趟超市,给父亲买了老酒和香烟,给母亲买了衣服和鞋袜,给邻居买了糖果和糕点,给姐姐的孙子买了图书和玩具。

回家的日子到了。那天,恒远早早起了床,把回家的礼物重新清点一遍,然后才慎重地打包装车。

早饭过后,饭碗没来得及收拾,恒远就催着上了路。车子刚出城,头儿电话来了。头儿说恒远啊,快来救场,三差一,就等你了。

恒远连忙答应好好，我马上就到。妻子问怎么？又要变卦？恒远说没办法，头儿喊你了，不去行吗？

（发 2014 年第三期《兰坪》、2016 年 2 月 23 日《盐城晚报》）

这样的爱我不要

下班前，柠檬跑来说要带他去一个地方。车子拐了几个弯，吱的一声停在天桥大酒店门前。兔子一看乐了，开房间？共度良宵？柠檬却喊道，干娘，我把您儿子带来啦。

兔子先生进入天桥广告公司后，经过八年打拼，终于成长为一名业务经理，在一帮同时进来的员工中，算得上出类拔萃。

当然，兔子也有不如意的地方，那就是个人情感一直空白。而他的同学鸭梨、芒果和菠萝，早已步入婚姻殿堂，有的孩子都进了幼儿园。

其实兔子挺有女人缘的，他阳刚帅气，进取心强，从上大学起，身边就没断过追求的人。

兔子读大学那会，正是"拼爹"话题火爆时。同学们只要聊到毕业去向，无不感叹学好数理化，不如有个好爸爸。

兔子父亲英年早逝，是种地的母亲将他拉扯成人。他的社会关系中，也没有一个同权势扯得上的。兔子读大学的费用，还是乡亲们他五十你一百的凑起来的。"拼爹"给了兔子一个灵感，那就是"堤内损失堤外补"，找个有靠山的老丈人，尽快跻身上流社会。可是

桃花红 梨花白

那些暗送秋波的小学妹们，不是来自农村就是没有背景，兔子只能装聋作哑装糊涂。

进入广告公司后，兔子因为忙于跑单子抓业绩，个人问题一直没顾得上考虑。待站稳脚跟打牢基础后，一些稍有姿色的美眉们早已名花有主。

上星期，几个同学小聚，芒果趁着酒疯点着兔子的鼻子说，八年啦，兔子同志，抗战都胜利了，你怎么老婆还没找到？难道你那方面不行？

你你你，你说的是人话吗？兔子当即翻了脸。

事后，兔子想想自己都已奔了三，还是个赤条条的光棍汉，难怪同学取笑自己，个人问题是该放到议事日程上了。真是想到曹操曹操到，天上掉下个柠妹妹。

柠妹妹叫柠檬，研究生刚毕业，芳龄二十六岁，不仅生得漂亮，还是总经理的掌上明珠。这可真是众里寻她千百度，蓦然回首，那人却在灯火阑珊处。兔子热血沸腾了，恨不能立马抱得美人归。

为了尽快攻下堡垒，兔子特意查找资料，知道在婚恋中，没有任何一件事情，小到可以放弃；没有任何一个细节，细到可以忽略。在小事上多下点功夫，在细节上多做些准备，才能立于不败之地。于是兔子决定先从小事入手，慢慢赢得美人芳心。兔子先生通过观察，发现柠檬爱喝花茶，就托人带来一包上好的玫瑰枸杞茶，上班前悄悄泡好一杯放到她的案头，并在杯子下压一纸条，上书：玫瑰花茶提神补脑、养颜护肤，要趁热喝哟！看到柠檬因为赖床常常顾不上早餐，就买来牛奶糕点悄悄奉上，并且不忘附上一句提醒：吃早饭可以维持体重，增强免疫力，千万别忽视哦！柠檬新到公司，业务

第一辑 临水人洁，近荷心香

不熟悉，兔子就手把手地教，并尽量陪着她跑业务、见客户。柠檬如果出差，兔子会亲自去买票，并将车票或机票放进自制的心形信封，注明列车或飞机的车次、机号、座位及启程和到达时间。三八节、情人节及柠檬的生日，兔子更是什么时兴送什么，把柠檬哄得喜笑颜开。

不久，柠檬通知兔子，父亲想见他一面。兔子开心极了，特意做了发型，购了行头，把自己整得精精神神的。

客套过后，兔子自告奋勇，去厨房当帮手，并亲自掌勺，炒了一盘香气四溢的鱼香肉丝。当然，这是兔子用一瓶五粮液从菠萝那儿学来的。这道菜一上桌，就得到全家人认可。兔子不失时机地说叔叔阿姨，如果你们喜欢，我天天给你们做。

元旦前夕，兔子接到哥哥电话，老娘六十大寿，让他务必回家一次。兔子正准备启程时，柠檬父亲生病住了院。兔子一听立马退掉机票，全天候的陪同准丈人去了。而他的老娘因为思儿心切，竟也病倒了。柠檬得知后十分不安，就替兔子请了假，还买了很多营养品。

可是兔子仍然没有回去。兔子说手上的业务正处于关键期，稍一疏忽前功尽弃，看母亲随便什么时候都行，不差这一两天。

一天，兔子正在做文案，芒果说兔子，有人找你。兔子抬头一看是老娘。兔子忙将老娘带到一个小吃店。兔子埋怨道娘，你来干什么？有事电话啊，千里迢迢的，值当吗？母亲说儿啊，你都五年没回家啦，娘想你啊。兔子说压力太大，脱不开身啊。这样吧，吃好饭我就送你去车站，春节我一定回去。

下班前，柠檬跑来说要带他去一个地方。车子拐了几个弯，吱

桃花红 梨花白

的一声停在天桥大酒店门前。兔子一看乐了,开房间?共度良宵?柠檬却喊道,干娘,我把您儿子带来啦。

兔子定睛一看,娘!

柠檬说不好意思,我自作主张,把干娘从车站接回来了。我已帮你请好假,你就好好陪陪干娘吧。

干娘?什么意思?

哦,忘了告诉你,我已认你妈干娘啦。从今以后,咱俩的关系就是兄妹关系。

兄妹关系?难道我的心你不知道,难道我对你不够好?

你现在对我是够好的,将来怎么样,我看不明白。

我会一生一世对你好的,不信我可以掏出心来给你看。

不必啦,这样的爱我不要。试想,一个对母亲都能忽视的人,还能指望他对别人真心。

(发 2014 年 16 期《小小说选刊》)

我是您儿子

我没有搭话,任由老人紧紧抱着,任由他的眼泪鼻涕一串串洒上我的脸,我的衣服上。这种感觉真好,老人需要儿子,我也需要父亲。

到小海村任职,正是党的群众路线教育实践活动开始之时。任乡长对我说,小单啊,小海村有位五保老人,至今仍然住在野外,生活诸多不便,又不肯入住敬老院或农民公寓,如果你能把这件事

第一辑 临水人洁，近荷心香

做好，就是践行党的群众路线的最好行动。

我拍着胸脯说，乡长，一个月内搞不掂，我提乌纱帽见您。

上任第一天，我就召开村委会，了解五保老人的情况。大家得知我的想法，个个头摇得拨浪鼓似的，单主任啊，不是我们泼你冷水，你想让他老人家挪窝，除非日出西方。我说什么事情都有个前因后果，只要找到这个"因"，事情就好办多了。

听了我的话，大家还是没有信心。但看到我一脸坚决，也就没再阻拦。七嘴八舌中，老人的形象在我心中慢慢清晰。老人结婚迟，四十七岁才抱上儿子。中年得子，老人高兴极了，整天乐呵呵的。谁知喜悦没能维持几年，就在一次变故中戛然而止。那天早上，六岁的儿子像往常一样，蹦蹦跳跳上幼儿园，中午却没能按时回来。老人找到幼儿园，老师说我正想问您呢，您儿子怎么不来上学？老师的话犹如晴天霹雳，震得老人魂飞魄散。老伴更极端，寻找几天没有结果，绝望得直接投了河。老伴去世后，老人就把老伴的骨灰盒留在家中，白天干活带到地里，晚上睡觉搂在怀里。经年的思念，老人精神恍惚起来，坚持认为儿子肯定会回来，老伴也没有死。为了不使儿子和老伴迷路，老人一直保持着他们在家时的生活习惯和摆设。前几年，乡里建了敬老院。村里考虑他年纪大了，一人生活不方便，打算送他去。老人说我哪也不去，我就在这里等他们。后来村里给他拉上电线，装了电灯和自来水，他也不用，仍然点火油灯，喝池塘里的水。池塘不大，又不是活水，里面长满了水葫芦。为了保证饮水卫生，村里每年都要帮他清理几次。可是效果不好，没几天又是一股异味。为此，村里伤透了脑筋。

听罢大家的介绍，我的心沉甸甸的。会议一结束，我就请求副

41

桃花红 梨花白

主任带我去看看。田野里，老人的茅屋在深黄浅绿的麦浪中静静地卧着，像一堆经年的草堆，灰不溜秋，了无生气。突然，一个念头冒了出来，我和老人的儿子同名，何不……于是一推门，我就喊道爸爸，我是小宝，我回来啦。

什么？你说什么？老人的呼吸急促起来。

我大声说爸，我是小宝，我是您儿子啊。那个人贩子将我带到城里，卖给了一对没有生育的夫妇。义父义母待我很好，他们供我上学，教我做人的道理。我的身世，是义父临终时才告诉我的。您说巧不巧，转了一大圈最终又转回来了，这是妈在保佑我哩。现在儿子已在这里买了房子，当上了咱村的村主任，爸，跟我一起住吧，我做梦都想跟您团聚呢。

这是真的吗？这是真的吗？老人死死地盯着我，似乎要从我的脸上找到答案。

是的老伯，他真是您的儿子，不信您看，他的耳朵后也有个痣呢，副主任连忙说。

我灵光一闪，我和老人的儿子如此巧合，这是上天在撮合哩。果然，老人闻听此话，立即伸出颤巍巍的手，翻看起我耳朵来。随即，老人一把抱住我嚎啕大哭，儿子，儿子，我的儿子，老伴，我们的儿子回来了……

有戏了，主任，我还没见他哭过呢，副主任悄悄对我说。我没有搭话，任由老人紧紧抱着，任由他的眼泪鼻涕一串串洒上我的脸，我的衣服上。这种感觉真好，老人需要儿子，我也需要父亲。

第二天，我就紧急行动起来。我为老人选了一套四十多平方米的农民公寓，买来最环保的材料，请来最好的工匠，帮老人营造了

第一辑　临水人洁，近荷心香

一个温暖舒适的家。

搬家那天，当我掀开老人床单，一个意想不到的情景出现了，老人的床单下，竟有一团压死多年的蛇干，我的眼窝又一次潮湿起来，同来的其他村干部也都眼泪汪汪的。

前不久，任乡长特地来看我和老人，我就在爸的新家接待了他。席间，任乡长打趣，小单，你真的认下老人了？

我说乡长，我是在福利院长大的孤儿，小时候我特别羡慕那些有家有父母的孩子，现在我终于有了一个家，有了一个疼我的爸爸，不是很好吗？！

（发2014年7月7日《盐阜大众报》、2015年第3期《雉山文学》）

弥　补

现在，两口子仍住在房改时机关分的两间平房里，家具和电器也像它的主人一样，老迈得没有半点生气。平强忍住眼泪，拉着老徐妻子的手说，大姐，好好休养，过几天我再来看你。

生日宴会后，平就成了空气，走到哪个科室，都当没看见，该干吗干吗，鲜有人主动打招呼。

宴会其实不张扬，就办在家里。规模也不大，就班子里的几位成员。名目也说得过去，庆贺老公六十耳顺，不过分，更谈不上违纪。

宴会上，平一反常态，率先将酒杯高高举起，嚷嚷着要"舍命陪君子"。一杯酒下肚，平的脸就成了红苹果。成了红苹果的平，拿出来几张纸来。

平文笔不错，常有文字见诸报刊。大家以为又有大作发表，纷纷要一睹为快。平两手捏住纸的上端，转动摄像机镜头似的扫描过去。大家定睛一看，市领导在关工委工作会议上的讲话。

不好意思，今天请各位来，一是庆贺老公生日，二是有事相求。平没等大家发问，抢先挑明话题。

哈哈，原来是鸿门宴啊，纪委书记的话意味深长。

书记，你说对了，不喝酒还真不敢说，平的脸更红了。

别听他的，平局，有话尽管说，一把手郑局开了口。

我想说的在这上面，郑局，以前我曾跟您和王局提过。平翻开讲稿，指着红笔画出的一段话。

"从事关工委工作的人员，每月补助不得少于八百元……"郑局轻轻读着，随即抬头问道，其他单位执行了没有？

除了我们局，全部执行到位，平连忙说。

那就赶快办理，老王，你关心一下，这个月就办妥，郑局对分管财务的王局说。

郑局，我还有个请求，能否将兑现的时间放到市领导讲话的那个时候？

这个……好，就照你说的办。郑局愣了一下，最终还是点了头。

谢谢领导关心，平脖子一仰，又灌下一杯。平知道，郑局是个很原则的人，如果不是因为自己从不向组织伸手，加之刚刚退位，正处于众所周知的敏感时期，单凭一份讲话稿，是万万行不通的。局里还有其他几位老同志分别担负着退协工作，老促会工作，老干部支部工作，他们的月补助一律二百，现在自己的补助一下翻了两番，

第一辑　临水人洁，近荷心香

消息透露出去，话还真不好说。

然而事情还是泄露出去了，于是机关像炸开了的马蜂窝，嗡嗡嗡好不热闹。尤其是收发室的马姐，说的话句句伤人：哼，一顿酒捞到这么大好处，行啊，得来全不费工夫。什么平易近人、什么清正廉洁，全是狗屁！人家老徐找她落实政策，她不理不睬，轮到自己了，跑得比兔子都快，这素质，哼，过去还真高看了她！

平听到后微微一笑，不解释也不生气。

平在任时，分管过关工委工作。一天，关工委主任老徐找到她，支支吾吾欲言又止。平知道他有话要说，特意关上了门。在平的催促下，老徐从兜中掏出一份材料，嗫嗫嚅嚅地说平局，不是市关工委领导过问，我确实开不了口，市领导提出，从事关工委工作的人员，每月补助不少于八百，人家早已执行了，您看我、我……老徐的话像从牙缝里挤出来一般。

哦，有文件吗？

文件没有，讲稿上有。

没有文件不好办吧？平皱起了眉头。

我就一说而已，调不调没关系，您忙，您忙。老徐丢下这句话，逃也似的夺门而去。

老徐是个少言寡语的人，退休后仍像在职时一样，恪尽职守，任劳任怨，在单位有着很好的口碑。看着老徐落荒而逃的背影，平没有怠慢，当即找到郑局。郑局一个电话，又将王局找来。结果同平预见的一样，没有红头文件，不好办。平没有争取，这事就被翻了过去。不久，老徐因为妻子要做心脏搭桥手术，向平提出辞职申请。再后来，平到龄让位，局里考虑到关工委工作没人干，平分管过，

45

桃花红　梨花白

情况比较熟悉，就把这一摊子交给了她。

真正着手关工委工作，平才知道，关工委不仅要配合学校做好青少年的思想政治教育、专业技术培训，还担负着青少年的维权、失足青年的转化、贫困学生的救助等等。过去看到老徐整天忙忙碌碌的，还认为工作效率有问题，现在看来真是官僚啊。感触尤深的是一次关工会议。邻座的一位同行得知她是教育局的，还关心地问她待遇落实了没有。那个人说老平啊，该得的要争取，千万别像老徐，吃亏了人家还不知道，你们局是个大单位，这点钱拿得出。

那人嗓音虽不高，却像鞭子似的抽得平满脸通红。会后，平来到老徐家。老徐的儿子儿媳在企业工作，工资供孩子上学和一家三口的费用勉勉强强。老徐的妻子患有高血压和心脏病，两人的收入大多进了医院。现在，两口子仍住在房改时机关分的两间平房里，家具和电器也像它的主人一样，老迈得没有半点生气。平强忍住眼泪，拉着老徐妻子的手说，大姐，好好休养，过几天我再来看你。

回家后，平办了生日宴会。拿到补发的一万多元钱，平当即送上门去。平对老徐说，老徐，对不起，我没有尽到责任，让你委屈了，这是迟到的补偿，请你务必收下。另外，鉴于大姐生活已能自理，关工委的工作还请你抓起来，你经验丰富，比我更合适。

从老徐家出来，平一身轻松。春日的阳光亲抚着她，给她镀上一层迷人的光晕。

（发 2014 年 6 期《五岛》、2015 年 2 月 8 日《盐城晚报》）

第一辑　临水人洁，近荷心香

不是误会

　　不一会，警车呼啸而来。李老汉见两个警察朝自己走来，兴奋地迎向前去，急切地说出疑问。警察会意地笑了一下，随即说道大伯，这条河流要拓宽，香樟要向后移。过不了几天，这些树就会重新站立起来。

　　缤纷五月，河滨的香樟树，花儿开得轰轰烈烈的。黄绿色的小花，如彩蝶般缀满枝头，淡淡的清香，在风的牵引下四处飘荡。

　　李老汉是这里的常客。他的晨练一般都在这里进行。平常时候，这里人不多，清静，空气也新鲜，对李老汉这般年纪的人，有益。

　　李老汉将手机铃声定在清晨五点半，除非刮风下雨，每天的锻炼是必须的。

　　通常情况下，李老汉先在楼下花园里打一套太极拳，放松放松筋骨。然后再沿着小区外边的河滨小径，一边甩动手臂，一边倒退行走。李老汉原先从事档案工作，落下了严重的颈椎病。倒退行走，能使腰椎和胯关节周围的韧带、肌肉得到锻炼，从而促进血液循环，缓解颈椎疼痛。

　　香樟树开花后，李老汉将锻炼的时间提早了半小时。李老汉对香樟树有着特殊的感情。小时候，李老汉家门前就有一棵香樟树，父亲告诉他，是生他那年爷爷亲手栽下的。李老汉没有兄弟姐妹，爷爷说有香樟树陪着，孙子不寂寞。在爷爷眼中，香樟树

桃花红 梨花白

就像是他的宝贝孙子。香樟树茂盛，孙子就兴旺。在爷爷的伺候下，香樟树一个劲儿疯长，没几年就郁郁葱葱的。可以说，香樟树是伴随着李老汉一起长大的，它承载着李老汉太多的童年记忆和欢乐。后来，李老汉进城读大学，并在城里安了家。再后来，李老汉又将父母接到身边。如今，父母早已作古，老伴也于前年离他而去。退休后的李老汉，满脑子全是儿时的香樟树，于是不顾儿孙反对，执意回到故乡，在香樟成荫的河滨花园，买下一套居室安度晚年。

这天清晨，李老汉一如既往，五点钟起床，先打了一套太极拳，接着踱出院外，沿着河边小径倒退行走。

走着走着，李老汉觉得不对劲，鸟雀们的欢叫声没有了，枝叶们的沙沙声消失了，清香的香樟花味儿淡了许多。怎么会这样呢？李老汉定睛看去。这一看，就把李老汉惊呆了。昨天清晨还好好的香樟树，此刻全被连根拔起，树身一律倒向小河，裸露的树根，还在流着汁液。李老汉一个趔趄差点倒下。在李老汉看来，那些汁液就是香樟树的眼泪，那些树坑就像是一张张怒向天问的大嘴。李老汉的心就像被剜了一样，疼痛得喘不出气来。是谁下的毒手？李老汉决定什么事都不做，一定要将凶手找出来。

李老汉顾不上回家做饭，买了一杯豆浆两个馒头，将早餐对付过去。之后就像个卫士似的，巡回在河滨小径上。看到路过的人，李老汉就会问一句，同志，你知道这些大树是谁放倒的吗？行人都很忙，脚步匆匆，车轮滚滚，如果不是因为要看望父母，或是走亲访友，或是采购物品，谁不想趁着周末赖赖床？于是大家的回答如出一辙：不知道。如此一来，李老汉更坚定了自己的想法。

第一辑 临水人洁，近荷心香

李老汉不知道香樟树的具体行情，却知道这么多的香樟树，价值一定不菲。李老汉回乡不久，熟悉的人不多，加之又是个双休日，一时想不出该找谁报告。

李老汉一边巡视，一边思考着种种可能。为保险起见，李老汉特意回了一趟家，拿出手机和防身的小铁锤。中餐和晚餐，李老汉依然没有回去，一份盒饭草草了事。

李老汉有午睡习惯，加之昨晚看书太久，没能按时休息，因此眼皮渐渐沉重起来。可是李老汉不敢打盹，他怕一不留神误了事，只得拖着两条酸痛的腿，走走停停，停停走走。不知不觉中，两脚竟磨起了血泡。

李老汉的举动，惊动了正在家里休养的张老汉。张老汉见李老汉像个幽灵似的，一整天在这儿晃来晃去，三顿饭都顾不上回家吃，以为他对香樟起了念头，就不远不近地盯着。

其实张老汉完全可以不用这么辛苦。他只要一个电话，就一切OK了。可是张老汉不想这么干。张老汉是反扒能手，亲手捕获过十多名嫌犯。前一时期，张老汉生病住了几个月院。如今发现嫌犯，一时技痒，就想再过把瘾。谁知太阳走了，月亮来了，李老汉还没任何动静，难道他只是个望风的，或是探听虚实的？好手抵不过双拳，何况自己还是个刚刚病愈的人，张老汉决定不再等了。

不一会，警车呼啸而来。李老汉见两个警察朝自己走来，兴奋地迎向前去，急切地说出疑问。警察会意地笑了一下，随即说道大伯，这条河流要拓宽，香樟要向后移。过不了几天，这些树就会重新站立起来。

哦，原来是这样啊，我误会了，嘿嘿，李老汉不好意思地说。

桃花红 梨花白

老哥,我也误会了,我把您当成,当成,哎,不说了,丢人!张老汉跨上前来,一把握住李老汉的手。

目睹此情此景,两位警察动情地说,老人家,这不是误会,这是你们对祖国、对社会的一片赤诚啊,有你们为榜样,我们的家园一定会越来越美好的。

(发 2014 年 7 月 27 日《盐城晚报》、2014 年 8 月 14 日《昆山日报》)

父 亲

时间像小河里的水,在我和父亲的相聚和分离中快速流去,我进中学了,而且是一所重点中学。中考后,我向父亲提出请求,到部队去看他。父亲高兴地说行啊儿子,我正准备向你们发出邀请呢。

父亲是位军人。

父亲跟我一起时,就成了孩子。我们躲猫猫,过家家,做各种好玩的游戏。

我胜利了,父亲就奖励我骑大马。父亲俯下身子,让我爬上他的脊背。我哈哈大笑,父亲也嘿嘿直乐。

离开父亲,我就是个闷葫芦。医生说我是自闭症,我不知道自闭症是什么,我只知道自己不爱说话,不爱交往,也不守规矩。为了矫正我的行为,母亲像个虔诚的教徒,见一尊佛,烧一炷香。腿跑细了,脸晒黑了,我还是我,面貌未改,江山依旧。母亲说,我的良药是父亲。父亲在家的日子，就是我的快乐时光。父亲每一次离别，我都像是进了一趟地狱，不死也要脱层皮。

过完五岁生日，父亲变得忙碌起来，几年都没过回家。不过父亲的书信多了，电话更是频繁打进。每一次，父亲都要向我道歉，解释迟归的原因，叮嘱我要听妈妈的话，做一个快乐的孩子。

我对物体构造比较敏感，一般的电动或机械玩具，只要琢磨琢磨，就能拆开或组合。父亲就投我所好，给我买各种有趣的玩具。我的房间里，汽车、飞机、坦克、变形金刚等随处可见。可是我还是不愉快，我总是怀念同父亲在一起的日子。

一次，我对父亲下通缉，爸爸，我很想你，你要是再不回来，我就不吃饭。父亲马上投降，好好，爸爸一定回去。

父亲真的回来了。几年不见，父亲高了、胖了，眼睛更有神采了。这是我的父亲吗？

父亲看出了我的疑惑，把我拉到相框前，指着全家福上的我说，你看，过去你只齐爸爸的腰眼，现在都跟爸爸的肩头平齐了，你变化了，爸爸也在变化啊。我笑了。我搂住爸爸的脖子嚷道，我要骑大马，我要骑大马。妈妈连忙阻拦，小伟，你羞不羞啊，都九岁了，传出去不怕别人笑话？爸爸笑道，多大也是孩子，来吧小伟，咱们骑大马去。

那天，父亲像是弥补似的，一步不落地陪着我，看电影，逛公园，吃肯德基，所到之处，无不留下我们的笑声。

傍晚，父亲接了个电话。完了歉意地对我说，小伟，爸爸接到通知，要参加军事演习，不能再陪你了。

不嘛不嘛，我不让你走，我不让你走！我一把抱住父亲，急得大喊大叫。

51

桃花红 梨花白

母亲连忙说小伟，别闹，爸爸是军人，军人一切行动听指挥，爸爸如果不能按时归队，就会当逃兵处理，你难道想让爸爸当逃兵？

父亲是我心中的英雄，我当然不能让父亲当逃兵。我只好对父亲说爸爸，那你要保证，以后每年都要回来看我。

父亲爽快地说好，咱俩拉个勾。

时间像小河里的水，在我和父亲的相聚和分离中快速流去，我进中学了，而且是一所重点中学。中考后，我向父亲提出请求，到部队去看他。父亲高兴地说行啊儿子，我正准备向你们发出邀请呢。

部队里的生活是新奇的，振奋的，更是愉快的。父亲特意安排我们看战士出操，队列训练，擒拿格斗和实弹演习。父亲勉励我要向战士们学习，勇敢地面对生活，面对挑战。我对父亲说，爸爸，我也要像您一样，当个军人。父亲说好啊，只要你把书读好，把身体炼好，部队随时欢迎你。

一天，我趁母亲午休，独自来到部队荣誉陈列室。突然，一个熟悉的名字、熟悉的模样，将我紧紧牵住：他，同洪水搏斗了四个多小时，救出遇险群众十多个，用二十九岁的年轻生命，塑造起一座军中丰碑，谱写出一曲时代壮歌。我立刻想起妈妈偷偷地哭泣，想起邻里怜悯的目光。我的心突然很疼很疼，眼睛很酸很酸。

当晚，我告诉父亲，要提前结束行程。父亲说为什么？这儿有很多景点呢，双休日我带你们去看。我说过几天就要读高中了，我还没做好充分准备。

从此，我一改过去的状态，挺起腰杆，直面人生，经过一次次的痛苦涅槃，终于脱胎换骨，成为新人。三年后，我考入一所军事院校。

拿到录取通知，我久久不能平静。我想告诉所有人，我是不幸的，又是幸运的,因为我有两位父亲,两位天底下最伟大的父亲。

发 2014 年第 3 期《小小说出版》、2015 年 3 月 22《昆山日报》

最后一个军礼

一块弹片插进姑父心窝,卫生兵急中生智,拿出一面备用军旗,堵住姑父血流如注的胸口。每每想起这段往事,姑父就深情地说,是军旗救了我的命。

凌晨时分,姑妈的一个电话,使我跳了几天的眼皮得到了验证。

姑妈哭着说,群儿,你,你姑父他,他不行了……

姑妈哭得喘不过气来,我心疼得喘不过气来。我连忙翻身下床,一边小心地安慰姑妈,一边慌乱地找着衣服。

车轮滚滚中,我的思绪也在急切地滚动着。听姑父说,他五岁那年,家中住进一位受伤的红军战士。战士是位旗手,怀中藏着一面军旗。一日,战士神秘地对姑父说,小弟弟,我给你看样东西。战士掏出军旗,小心翼翼地铺在床上,自豪地说小弟弟,这是我们的军旗,红色象征革命,五角星象征中国共产党领导,镰刀斧头表示工农大众紧密团结。红军是人民的军队,是为劳苦大众打天下的。姑父认真地听着,大眼睛扑闪扑闪的。

十六岁那年,姑父终于站到了军旗下。渡江战役中,一块弹片插进姑父心窝,卫生兵急中生智,拿出一面备用军旗,堵住姑父血

桃花红 梨花白

流如注的胸口。每每想起这段往事，姑父就深情地说，是军旗救了我的命。中华人民共和国成立后，姑父在国防部任职。以他的资历，可以留京，可以到党政部门工作，也可以在部队颐养天年。可是姑父却选择了家乡的一个企业，他说能为家乡出点力，是他儿时的梦想。

姑父一上任，便有人找上门来。这些人大多有一定的背景，涉及的问题也五花八门：有让安排工作的，有让调换工种的，有让解决职级的，有让分配住房的。官大一级压死人。况且能为领导效劳，是多少人求之不得的事情。姑父却榆木脑袋一个，该办的事大刀阔斧，不该办的谁说都白搭。

天下父母，谁不想儿女出息。姑父的三个子女，原本想在京城发展。父亲的告老还乡，粉碎了他们的梦。到了就业年龄，姑父不顾儿女的感受，要求他们自己的路自己走。

表姐能歌善舞，是厂幼儿园一位教师。其间，厂里其他领导多次建议，培养表姐担负共青团工作。姑父大手一挥，没必要，我看她当孩子王挺合适。

表哥是位武警战士，转业时舍不得脱下橄榄绿。恰巧公安局正在招聘人员，姑父的一位战友在那里担任主要领导，表哥便想请父亲去通融通融。姑父一听连连摇头，顺其自然吧，不要麻烦人家。表哥嘟囔，有权不用，过期作废。姑父怒道，屁话，权力是我的私有财产吗？我看你这兵是白当了！

表妹视力不太好，出去找工作有难度，想在父亲厂里谋个职。女儿的这个要求，对于身为厂长的父亲来说，可谓易如反掌。可是姑父却死抱着条件不放，将女儿硬生生地挡在门外。

姑父对家人"刻薄"，对工人却好得很。姑父转业时有笔安家费,姑妈想用它在县城砌个房子,将老父老母接来同住。姑父一般不管家事,工资全由姑妈支配,唯独这笔钱牢牢把着。工人有了困难,厂里不好解决的,姑父便从这里支。自己生病急需钱时,安家费早已用到别人身上。

姑父担任厂长期间,厂子红红火火,利润翻了几番。工人们只要提到姑父,没一个不翘大拇指的。姑父患上重疾后,工人们就像是自己遭罪一样,焦急得不知如何才好。那些日子,姑父家人来人往,帮忙的、祈祷的、看望的、送医送药的,来了一拨又一拨,激动得姑妈泪水直淌。

两百公里的路程,在我的"翻江倒海"中很快走完。到了姑父家,正碰上市委书记来看望。书记拉着姑父的手,轻轻地问他有什么要求。我们一听全都支棱起耳朵,因为这时表姐表哥早已下岗,姑父看病又拉下了一些债务。

姑父的嘴唇动了动,喉咙里发出咕噜咕噜的声响。书记连忙将耳朵贴近姑父嘴唇,一边"嗯嗯"应着,一边频频点头。随后,书记走出门外,神色庄严地拨了个电话。不一会,一位军人匆匆赶到。"哗"地在姑父面前展开一面鲜艳的军旗。

姑父示意我们扶他坐起来。姑父一米八〇的身躯,此刻已变得轻飘飘的。

姑父没有理会我们的悲痛,他整了整衣领,慢慢地、庄重地,向军旗举起了右手。

现场突然一片寂静,我们不约而同地挺起胸膛,满怀敬意地注视着军旗,注视着军旗面前的姑父。

(发2015年第3期《宝应文化月刊》)

酒为媒

有美酒陪伴，父亲安逸了许多。与此同时，那女子也时有电话过来，询问父亲病情，安慰我别太悲伤。说实话，在我心中，麋鹿血酒已成了父亲的灵丹妙药，那女子已是我的红颜知己。没有她们，真不知道如何面对。

父亲的病更重了。

我半跪在父亲的床头，问父亲想吃点什么？

父亲艰难地吐出四个字：麋鹿血酒。

一年前，我去丰城出差，给父亲带回几瓶麋鹿血酒。看到那琥珀色的液体，父亲有几分迷惑。父亲喜爱白酒，并且是酒精浓度高的。我忙说爸，尝一口啊。父亲端起酒杯，小心翼翼地抿了一点。只一点，父亲便眉头大展。我问道，爸，怎么样？父亲没有理我，自顾仰起脖子，咕嘟咕嘟喝起来。直至二两五的杯子见了底，才惊叹道好酒！

我告诉父亲，麋鹿血酒产自丰城江苏人酒业，含有20多种氨基酸，长期服用，具有聪耳明目、强身健体之功效。

父亲说知道，早在商周时期，麋鹿血酒就已是宫廷贡酒，后来由于麋鹿在国内的绝迹，其酿制配方失传多年。现在丰城人将这项技艺研发出来，真是了不起啊！

此后每隔一段时间，父亲便会取出麋鹿血酒，倒上浅浅一杯，一小口一小口地啜。父亲说，这酒要细细品，才能品出其精华。

看着父亲一脸满足，我暗自盘算，如果再去丰城，一定多买几瓶。

谁知还没等到机会，父亲就病了。医生摇头，太晚了，不能手术了。我崩溃，仿佛天塌下来一样。我责怪父亲，为什么不早点说？父亲说孩子，爸无意骗你，爸不想你过早背上负担，爸希望你开开心心活着。我说爸，没有您我能开心吗？妈走得早，您再撇下我，让我怎么活？父亲说人总有一死，我六十五岁了，比你妈多活了二十年。你妈一个人在那边太孤单，想我早点去陪她哩。我说爸，您想多了，现在医学这么发达，什么奇迹不能发生？咱去大城市看病，我还就不信了，咱治不了它！父亲说我哪也不去，就待在家里，家多好，有你，还有乡亲们。

父亲可怜地看着我，像一个犯错的小学生，期盼着老师的宽恕。我没有坚持，父亲时日不多，家才是他最后的港湾。我向公司请了长假，全天候守在父亲身旁，陪父亲说话，给父亲做好吃的，为父亲请最好的医生……可是我的孝心没能感动上苍，父亲还是一天天衰弱下去。我害怕极了，不知道怎样才能让父亲好受些。谢天谢地，父亲开口了。我高兴又自责，父亲那么喜欢麋鹿血酒，我怎么就没放心上？

上网百度，我按下一串数字。

您好！请讲。是女性的声音，甜甜的、暖暖的。我连忙说出请求。对方回答，行，这事交给我了。

没几天，酒来了，整整一大箱！我用小勺一勺一勺地喂给父亲，父亲咕咚咕咚地咽着，很享受的样子。

有美酒陪伴，父亲安逸了许多。与此同时，那女子也时有电话

桃花红 梨花白

过来，询问父亲病情，安慰我别太悲伤。说实话，在我心中，麋鹿血酒已成了父亲的灵丹妙药，那女子已是我的红颜知己。没有她们，真不知道如何面对。

父亲还是走了，走得很安详。办完丧事，我电话给她。她一听我的意思，连声说别呀，那是我给老人的一点心意，再提"钱"字，我跟你急。

我没有听她的。我已麻烦人家不少，怎么可以再让她掏腰包？我按照地址将款寄出，并附上一封情感真挚的感谢信。不久公司来电，问我是不是搞错了。我说不能啊，我一直是跟你们的这个号码联系的，我报出一串数字。对方笑道，答案有了，你拨错了一个号码，不过你放心，我们一定帮你把这个人找出来。

我愣住了，感觉在读一本童话故事。我手机二十四小时开着，等待着美丽的谜底。

铃声终于响起：找到了，丰城最美教师！为了救一位学生，她的腿遭受重创，她才二十三岁，可惜……

我大吃一惊，随即热血沸腾。我辞去工作，不顾一切地赶过去。敲开门，迎接我的是位拄着拐棍的姑娘。

你？你怎么来了？

四目相对，我们一眼就认出对方。

我为什么不来？我怎么能不来？麋鹿传情，我们早已亲如一家。父亲走了，你就是我最最亲爱的人，我急切地说着，并不由分辩，一把将她拥入怀中。

（发 2015 年 11 期《短小说》）

第一辑　临水人洁，近荷心香

桃花红，梨花白

走红地毯时，桃花最想做的事，是给梨花打个电话，让她分享自己的快乐。然而令她万万想不到的是，给她颁奖的嘉宾，竟然是妹妹梨花！

桃花和梨花是一对双胞胎。

姐妹俩出生的当儿，门前的桃花开得轰轰烈烈的，梨花也已探出雪白粉嫩的小脸。这是父亲新培育的品种，一开春就显示出与众不同的气势。父亲大喜：哈哈，原来是你们俩带来的福音啊，桃花红，梨花白，我的一对花仙子哩！

父亲的美好愿望，成就了女儿的非凡。

桃花就像"桃花"，媚而不俗。

梨花就像"梨花"，倩而不娇。

桃花是天生的百灵鸟，歌喉如淙淙流淌的山泉水，清脆悦耳，十分好听，文娱委员小学当到大学。

梨花是天生的小马良，无论什么景物，在她画中就跟真的一样，学校墙报、板报设计，她是当然的主角。

高中毕业，桃花进了音乐学院，梨花跨入林业大学。桃花说：我要用歌声赞美家乡。梨花说：创造美的人，才是真正的画者。

大学里，桃花如鱼得水，音乐天赋得到充分挖掘。入学半年，就以一曲《茉莉花》，跻身校园十大歌手，成为同学们的偶像。

59

桃花红 梨花白

学院中，梨花的勤奋好学，是一道亮丽的风景。课题组、试验场，总能看到她的英姿。图书馆、化验室，是她最爱去的地方。同学戏言：别把我们甩得太远。梨花笑笑：不敢懈怠，乡亲们看着哩。

岁月如流，四年的大学生活倏忽即过。桃花心想事成，进入歌舞剧团。梨花高高兴兴，回家当起果农。

报到前，桃花特意回了一趟家，自己作词，自己谱曲，将美丽的风光，融进美妙的旋律。"梨花开，梨花白，梨花绘成银色的海。滋润一片好春色啊，最美的风光在恒北……"桃花带着《梨花海》，从农村唱到城市，从舞台唱到赛台。激情的演唱，深深地打动了听众的心。

梨花女从父业，当起了一名村干部。家乡在父辈们的努力下，生机勃勃、容光焕发。每年四月，连片梨园吐蕊绽蕾，整个村庄雪堆云涌。闻名遐迩的"麋鹿"早酥梨，也已通过欧盟有机食品认证。站在家乡这块活力四射的热土上，梨花信心满满、热血沸腾。两年的谋划和拼搏，一个以梨园风光为主题的乡村游活动，在梨花深处拉开序幕。"留连戏蝶时时舞，自在娇莺恰恰啼"。从此，"梨花节"作为家乡的一个品牌，吸引着众多爱美的人蜂拥而至。

花开花落，收获的季节到了。桃花参加央视青年歌手大奖赛，荣获民族唱法金奖。梨花的成绩更是喜人：家乡被赋予国家生态村、省四星级旅游景点、三星级康居乡村等多个殊荣，自己也成了乡人心目中的最美村干部、劳动模范。

走红地毯时，桃花最想做的事，是给梨花打个电话，让她分享自己的快乐。然而令她万万想不到的是，给她颁奖的嘉宾，竟然是妹妹梨花！

第一辑 临水人洁，近荷心香

坏丫头，当嘉宾也不通报一声。

嘻嘻，意外之喜，岂不更好？

梨花，我想把咱村的故事搬上银幕。

好啊，我正要跟你说呢，我想把咱村打造成一流的影视剧拍摄基地，让咱村的梨园风光走向天南海北。

梨花，这次回家我就不走了。我要组建自己的乐队、自己的剧团，让咱们的父老乡亲，坐在家里也能看大戏。

桃花，咱村又有了新的蓝图：培植特色产业，延长产业链条，发展有机果品产业、生态旅游产业和梨园衍生产业，总之，要做的事很多很多。

姐妹俩越说越激动，青春的容颜，因激动而格外的娇艳迷人。

颁奖回来，姐妹花的婚期又到了。母亲说，你们已推迟了几次，这次不管多忙，也要把事办了！

翌日，天还没亮，两对新人就带着树苗和工具，悄悄地来到梨园，一个挖坑，一个提水，一个扶苗，一个培土。风停止了呼吸，枝叶停止了摆动，星星扑闪着惊奇的目光。如此简洁而有意义的婚礼，它们还未见过。

"噼噼噼、啪啪啪"刚培完最后一锹土，小鞭炮猛然炸响。

你们怎么知道的？梨花拧起了眉头。

哈哈，世上哪有不透风的墙？书记，这就是你的不是了，你们的喜事就是我们大家的喜事，怎能不让我们参加？

人们将两对新人围在中间，尽情地唱啊、跳啊、舞啊。一时间梨园广场鼓乐喧天，"龙"腾"狮"跃。欢乐的声浪，催开满树梨花，唤出艳丽的朝霞。一位晨练的诗人深受感染，即兴吟道：

桃花红 梨花白

恒北的梨花,

开在农家的屋檐下。

冰雪聪明的好女儿,

出嫁不离家。

一颗爱心,

情系故土;

一腔热情,

情系桑麻。

啊,梨花呀梨花,

待到八月秋风起,

香甜酥梨赠天下。

(发2016年第一期《淮上》、2016年第4期《莫愁》)

第二辑　雾里看花，
　　　　水中望月

　　我有很多收藏，说是收藏，并没有特别值钱和难得的宝物。都是一些琐碎，我一件一件地擦拭、摆弄、评判，一个上午轻飘飘地过去了。我讲的这些故事，或褒或贬、亦真亦幻，正如一位哲人所说：生活如一面镜子，你冲它哭，它就朝你哭；你冲它笑，它就朝你笑。

枪　口

　　半年前，二叔把石头叫到家里。二叔说公家修铁路，奶奶的房子要拆迁，为了获得更多补偿，咱们要团结起来，枪口一致对外。

桃花红 梨花白

1

夕照的金粉，洒在石头胖乎乎的脸上。石头眉眼弯弯的，嘴角翘翘的，像一尊笑逐颜开的佛。

石头很快乐，老婆有喜了，肥猪卖了个好价格，尤其是刚刚，石头听到一个好消息——铁路改道了。为了拆迁的事，老婆一直同他闹别扭，说他窝囊，尽被人欺负。现在好了，有了这个消息，老婆一定很开心。

石头哼着小曲，迈着轻盈的步伐。突然，口袋震动起来。石头掏出手机一看，是二叔。二叔说石头，叔找你有事。石头说叔，我正忙着哩。二叔说你不来就见不到叔啦。石头问怎么啦？二叔说一两句说不清，你还是快点来吧。石头说好，我这就过去。

2

放在平时，石头最怕二叔召唤。二叔是无事不烧香，有事找老张。今天不同了，石头特别想见二叔。

口袋又震动起来，是老婆的。

石头，猪卖了吗？

卖了，一千多块哩。

那咋还不回来？

回啦，已进村子了。

那我盛饭啦。

你先吃吧，我到二叔那儿去一趟。

第二辑 雾里看花,水中望月

去那干啥?

嘿嘿,铁路不是改道了吗?我想看他怎么着急。

算了吧,别管闲事。

我都已经答应了,就去一会儿。

那你当心点。

好。

3

对二叔,石头一直是敬畏有加。二叔没摸过枪,瞄准却十分内行,谁要是成了他的靶子,十有八九逃不脱。小时候,石头常听妈唠叨,你爸是被二叔害死的。二叔结婚时,盯上了咱家的瓦房,不给就不结婚。房子是你爸挖了三年的煤才起成的,每一块砖都沾满了咱们的血汗。奶奶找你爸商量。奶奶说儿啊,你就让让你弟弟吧,他都二十大几了,怪只怪你爸走得太早,妈又没本事,否则也不能委屈你。你爸心一软,就把房子让了。后来你爸又挖了三年的煤,才起成这房子。可是从那以后,你爸就病了,大口大口地吐血,到处看都看不好。你爸那么好的身板,如果不是你二叔,他能走这么早?

妈只要一提起这事,就会痛哭流涕。石头不会劝说,只得跟着抹眼泪。十岁那年,妈也走了。奶奶搂着石头呜呜直哭,石头知道,奶奶难受哩。

后来,公家起厂房,征用了奶奶的口粮田,答应给奶奶一个招工名额,奶奶就把名额给了石头。石头识字少,不会填表格,二叔主动帮忙。谁知二叔竟填上自己儿子的名字,奶奶一急当即昏厥过去。

65

桃花红 梨花白

半年前，二叔把石头叫到家里。二叔说公家修铁路，奶奶的房子要拆迁，为了获得更多补偿，咱们要团结起来，枪口一致对外。石头很高兴，这是二叔第一次联合他哩。

二叔又说，咱先买上百十盏灯具，把墙壁屋顶全部挂满，再买上几百棵树，把家前屋后全部栽上，你先拿五千块钱出来，咱立马动手。石头说我手头紧，拿不出这多钱。二叔说你拿不出钱别怪叔，我可是先同你商量的，将来补助时，增加的部分与你无关。石头说缓几天不行吗？我回去把猪卖了。二叔说不行，我已与人家约好了，现在就交款。

没几天，奶奶家果真绿树缭绕，"灯壁辉煌"。为了这事，老婆生了几天气。如今二叔偷鸡不着蚀把米，不定急成什么样子。想到这里，石头笑了。

4

石头，帮叔拿拿主意吧，那可是你婶看病的钱啊。你婶见钱打了水漂，气得饭也不吃，病也不看，回娘家去了。你弟做得更绝，要和我断绝关系，呜呜，这日子没法过了。

石头一进门，二叔就悲号起来。二叔的眼泪鼻涕，立刻把石头的幸灾乐祸冲刷得干干净净。石头说二叔，别着急，总有办法的。

好侄子，叔知道你心善，叔就指望你了。

二叔，你想我做什么？

也没什么，你帮叔把一千三的灯具费垫上就行了。

这，这……

一千三不过是个零头，树苗一万多呢。好侄子，只要你帮叔渡过难关，叔一定记住你的好。

5

手机又响了。石头说老婆，我快到家了。

你叔怎么样？

没事了，我帮他负担了灯具费。

他的事凭什么你负责？

谁让他是叔呢，再说灯具不过一千多，树苗一万多呢。

你傻啊？树苗长大了能卖钱，灯具拆下来有啥用？

他不是有难处吗？

他有什么难处？他们一家三口明天都去旅游了，就你死脑子，被人骗了还帮着数钱。

石头愣住了，脸色比月光还要白。

（发2015年3月23日《盐城晚报》，入选《平原作家》）

让 贤

市委书记说老同学，我正要找你呢，如果没有记错，你干质监局长有十二年了吧，是该动动身了。这样吧，张副县长还有五个月就到年了，你来政府吧。你一走，其他问题不就迎刃而解了？

桃花红 梨花白

请辞，坚决请辞！

老杨在心里不断念叨着，似乎是发狠，更像是表决心。

从家到市政府，机动车五分钟，自行车十分钟，步行二十分钟。老杨没有动用公车。老杨上下班或是到市府开会一律自行车，老杨说自行车环保，还能锻炼身体，何乐不为？在他的带领下，一单位的人全都爱上了自行车，有私家车也不开。老杨很得意，老杨说生命在于运动，尤其咱质监局，时刻得保持旺盛的精力，这样才能拉得出打得响。

今天，老杨索性连自行车也舍弃了。老杨想用这多出来的十分钟再好好想一想，以便滴水不漏万无一失。

杨局，开会去啊？

杨局，早啊！

杨局，自行车不骑啦？

一出门，老杨就被各种问候包裹着，难以静下心来思考问题。老杨只好垂下眼帘，尽量往人行道边上的树丛里走。

徐书记，我想停薪留职。

为什么？

母亲中风瘫痪，我得回家照应。可是质监局事务多责任重，一刻离不开领头人，您看是否考虑一个接班的？

母亲病了去医院啊，你又不是医生，回家何用？

父亲去世早，母亲只我一个儿子，现在她老人家生活不能自理，我不在身边诸多不便。

你可以把她接到身边照应嘛。

母亲恋家，怕回不去。

第二辑 雾里看花，水中望月

中风又不是癌症，为啥回不去？

母亲还有其他并发症，病危通知都发几回了。

那就给自己放几天假，回去好好陪陪老人家。

可是，可是……老杨很懊恼，昨夜不是都想好了嘛，怎么又卡壳了？老杨不得不放慢脚步，重新组织言辞。

老杨任质监局长十多年。十多年里，老杨引进人才二十多位。其中有清华、北大的本科生，有硕士、博士生，还有高校的老师。老杨很重视这批人才，一一同他们促膝交谈，了解他们的兴趣特长，知能善任，赋予重要职责。在他的关心下，这批人很快成为骨干，有的已走上中层或领导岗位。可老杨还是不满足，总觉得亏欠了他们。每当兄弟单位有人升迁，老杨总要自责一番。老杨私下里常说，人家华为，副教授做得好好的，如果不是自己再三邀请，或许已坐上院长交椅。还有质检科长小张，宣传科副科长小王他们，省城工作都找好了，硬是被自己拽了过来。单位级别低，副局长不过副科级，科长、主任只是个股级，与办事员没多大区别。可是就是这个不起眼的股级干部，要想担任也很不易，职位有限啊。同华为他们一同引进的人才，好多已成为单位主要负责人，华为因为自己压着一直正不了。如果自己调离这个岗位，那么华为作为常务副局长极有可能接替自己。华为拨了正，小张就有了晋升的希望。小张的位子空出来，又为小王提供了职位，牵一发动全身哩。

听的人劝道，你也别不过意，你这样的伯乐哪里去找？能在你手下工作是他们的荣幸。质监局是热门单位，好多人削尖脑袋想往里钻，千万别为了别人误了自己。

老杨没有听从劝导，还是去找了市委书记。老杨同市委书记是

69

桃花红 梨花白

大学同学，上下床睡了四个年头，好得跟亲兄弟似的。

市委书记说老同学，我正要找你呢，如果没有记错，你干质监局长有十二年了吧，是该动动身了。这样吧，张副县长还有五个月就到年了，你来政府吧。你一走，其他问题不就迎刃而解了。

老杨高兴极了，并把高兴悄悄地传输给他信得过的千里马。千里马一听既感动又激动，工作热情更加高了。谁知不久，一纸调令调走了老同学，接班的是省里下来的徐书记。老杨虽然失望，初衷却没有变。

正准备出马，传来一个消息，老干局张局长出于同样目的找了徐书记，徐书记不但没有应，还把他说了一顿。

老杨出了一身冷汗。上个星期，老杨就想"上疏进谏"了，只是因为机关事多脱不开身，否则挨批评的该是自己了。老杨不怕训，而是担心领导误解，说自己以关心下属为借口想往上爬，那面子可就丢大了。看来正常调动已不可能，要想了却心愿唯有停薪留职。当然，老杨也不是头脑发热，他的一位同窗早年下海，事业干得风生水起。前几天，同窗发来信函，邀请他一同奋斗。老杨为党工作了大半辈子，很想为自己活几年，如果应了邀请，于人于己岂不都好？

杨局，您在哪？徐书记视察来了，请您速回！华副局长焦急的声音。

好好，我这就到，老杨朗声应道。老杨想，在单位里相机行事，也许更方便些。

（发2015年春季号《当代小小说》、2015年9月20日《盐城晚报》）

淘　宝

　　来到僻静处，二巴子迫不及待地掏出碗，掀起衣襟仔细擦起来。黄地青花、缠枝莲纹，天！这不就是前年自己寻得的那个宝贝？

　　热辣辣的阳光下，二巴子晃着一头亮晶晶的汗珠子，咧着大嘴巴，哼着小曲儿，喜滋滋地进了村。

　　巴爷，又淘到好物件了？

　　二巴子的嗓子一亮，就把王驼子给牵了出来。

　　呵呵，头绪不大，一只小碗。

　　哟，瞧您热的，快进来凉凉。

　　好，凉凉。

　　让好座，上好茶，王驼子的一只手就朝二巴子伸来。二巴子立即取下斜背的挎包，小心翼翼地捧出一个纸包，揭开紧紧包裹着的三四层纸，一只玲珑剔透的青花小碗便露了出来。王驼子一把抢过去，拿出放大镜仔细地看着，俨然工兵探地雷，一丝不苟、全神贯注。约莫一袋烟的功夫，王驼子放下了物件。二巴子忙问：咋样？

　　花了多少钱？

　　六千。

　　六千？

　　这可是乾隆青花！

71

桃花红　梨花白

乾隆青花？巴爷，你没中暑吧？

中啥暑？我已查过了，跟前年给你的那个一模一样！

扯淡，这种东西，地摊上到处是。

你……二巴子当即变了脸。

这些年，二巴子淘到的好东西，大多给了王驼子，自己除了落个饱肚子，基本没挣下什么。可是有啥法？方圆数十里，古玩店王驼子独一家，不往他那里送，难不成留着当饭吃？现在好了，街上又开了两家古玩店，三足鼎立，热闹！想到这里，二巴子又高兴了。

上午，进城办事的二巴子，到一户人家讨水喝，可巧，接待他的老妇人，是从他们村嫁出去的。老乡见老乡，两眼泪汪汪。喝茶唠嗑的当儿，二巴子的眼珠子仍在骨碌碌转着，习惯成自然，改不了了。突然，二巴子定住了，心扑通扑通直跳，沙发旁的一猫一碗，像个柔媚的小女子，不断地朝他抛媚眼。尤其那猫，很是特别，扁扁的脸，塌塌的鼻子，一双眼睛，发出宝石般的光。还有那一身洁白的长毛，蓬蓬松松像个雪球。二巴子咽了一口口水，平息了一下心跳，指着猫说大姑，能把这只猫让给我吗？老妇人奇怪，你一个农村人，也养宠物？没办法，家里闹老鼠。猫也稀罕？唉，您不知道，听说城里人兴吃"龙虎斗"，猫早被天杀的偷光啦！二巴子忙调动嘴上功夫，连撒谎带哀求，终于说服老妇人六百元出让。走前二巴子说，大姑，猫碗也给我吧，听说猫恋旧，有了它好养。老妇人挥挥手，拿去吧。

出得门来，二巴子一溜小跑，直跑得气喘吁吁、大汗淋漓，感觉不得劲，低头一看，猫闹的。猫太沉，又不老实。二巴子乐了，什么怪东西？猫不猫狗不狗的？老太太说得对，养你何用，不能看

第二辑　雾里看花，水中望月

家不能下蛋还糟蹋粮食。说罢手一松，猫"嗖"地一声蹿进草丛。二巴子拍拍手，把挎包移到胸前牢牢抱着，二巴子相中的是碗。

来到僻静处，二巴子迫不及待地掏出碗，掀起衣襟仔细擦起来。黄地青花、缠枝莲纹，天！这不就是前年自己寻得的那个宝贝？

提起那只碗，二巴子气不打一处来。款识上明明白白写着：大清乾隆年制。王驼子，非说成民国仿品，价格五百，不卖走人。二巴子正被债主追着，家中又断了米，只有折腰的份儿。不久，二巴子在寻宝节目中，看到一只一模一样的碗，价格居然十万！二巴子那个气啊。现在好了，东方不亮西方亮，黑了南方有北方。

第二天一早，二巴子就带着宝贝上了街。二巴子已盘算好，卖了宝贝先犒劳一下自己，再买辆摩托车，那家伙功力大，速度快，讨生活方便。余下的钱存银行，留着养老。

想着想着，二巴子已进了"稀宝阁"。店主认识二巴子，老远就招呼，巴爷，来啦？

来啦来啦。二巴子一边应着，一边拿出宝贝。店主接了过去，只一眼就笑道，巴爷，您拿错了吧？啥？二巴子"噌"的一声站起来。

接下来情况更惨，博古斋的浑小子，手指头点成了鸡啄米：切，这种东西也敢拿来？老人家，不是我说您，古玩不是人人能玩的，没有金刚钻，别揽瓷器活，还是回家抱孙子吧。

出道七八年来，二巴子苦过累过，却没有被人当众羞辱过，刚要发作，一眼瞥见王驼子，连忙吞下要说的话，头一低退了出来。

遭遇三连挫，二巴子没有气馁，二巴子太相信自己的眼力了，他决定进城找专家鉴定，把失去的面子挽回来。

突然，一辆车子"吱"的一声停在身边。车上下来的是自己的侄子和那个老妇人。老妇人见到二巴子高兴得直嚷,可找到你了,快把猫还给我,俺孙女说,那猫是冠军的后代,值两万块呢!

两万快?

是啊二叔,那是纯种波斯猫,品质好着哩,侄子补充道。

波斯猫?二巴子两眼一黑,汗如雨下。

(发2015年第10期《小说月刊》、2015年第3期《开拓文学》)

英雄泪

  这儿的土地原先跟爷爷的一样,长着葱茏的庄稼。葱茏的庄稼地里,随处可见忙碌的身影。可是不知从什么时候起,村里的人渐渐少了,缺乏照应的土地,冒出了许多荆棘、茅草和菖蒲,一嘟噜一嘟噜的,癞痢头一样难看。

玉米一人高了,郁郁葱葱的,像一片森林。

爷爷跑得更勤泛了,有事没事的,每天都要到地里看看。

一看到他的宝贝,爷爷就止不住的兴奋。这些兴奋随着汗珠争先恐后往外钻,排兵布阵般缀满爷爷额头。

爷爷顾不得擦去汗珠,腰一弓钻进森林。

我也想进去看看。可是我的脚刚刚伸出,就被一股热浪推了回来。

英雄,别进来,柳树下待着,爷爷朝我喊道。

柳树像一把伞,为我营造出一点阴凉。

我打了个滚,然后像爷爷那样,眯缝起眼睛四下看。

第二辑 雾里看花，水中望月

这儿的土地原先跟爷爷的一样，长着葱茏的庄稼。葱茏的庄稼地里，随处可见忙碌的身影。可是不知从什么时候起，村里的人渐渐少了，缺乏照应的土地，冒出了许多荆棘、茅草和菖蒲，一嘟噜一嘟噜的，癞痢头一样难看。

太阳跃上了头顶，空气似乎一点就着。我张大嘴巴，拼命排解着心中的热。爷爷难道不热么？我朝爷爷喊了两声，爷爷没有回应，我抬腿钻进森林。

呀，爷爷躺在地上，眼睛闭得紧紧的，脸色煞白煞白，浑身湿漉漉的，像从水里出来一样。我摸摸爷爷的额头，滚烫滚烫。我吓坏了，飞一般钻出庄稼地，跃过小沟，穿过果园，翻过篱笆，唤住准备出诊的四叔。

爷爷的情况更糟了，嘴上堆满白沫，身子一抽一抽的。四叔忙将爷爷抱到柳树下，解开爷爷的衣扣，取出一块毛巾，用水湿透后敷到爷爷额上，然后用药棉在爷爷的太阳穴和胸脯上轻轻地擦着，直至皮肤慢慢变红。

爷爷终于可以歇口气了。爷爷一出现，就被他的老伙伴们团团围住。聚集的地方仍然是祠堂，这儿位置适中，地儿又大又凉快。祠堂已有近百年历史，屋檐上的瓦像缺齿的牙床参差不齐，墙壁像蜂窝煤似的千疮百孔。老屋、老人、老狗，好一帧有趣的老照片。

我也像爷爷一样，被大黄老黑它们团团围住。

哎，你怎么叫英雄？突然，一个声音怯怯地问。

我扭头望去，是一个陌生面孔。大黄连忙介绍，花儿，徐三爷家的，刚来不久。

我没有答话。有些事儿，别人说了更精彩。

桃花红 梨花白

老黑开讲了。在老黑的声情并茂中,我又一次品味了英雄过往。

那日深夜,黑黑的夜幕突然掀开一角,一股光华"腾"地映红天穹。与此同时,地下似有万马奔腾一般。我不顾一切闯进房里,朝熟睡的爷爷拼命吼叫。我和爷爷一起将猪啊、羊啊引到屋后的高地上。随后我又向同伴们发出警示,一时,猎猎的叫声响成一片。爷爷比我更着急,挨家挨户敲门疏导。村里大多老弱病残,爷爷是他们的主心骨。待大家全都聚到高地时,土地蓦地跳了两跳,接着像打摆子似的摇摆起来。

那次地震,村里不仅没死一人,牲畜也很少伤亡。事后乡亲们都说,老英雄啊,我们大难不死全亏了您。

爷爷是渡江英雄,解放南京时,爷爷的战船第一个突破长江天堑,将解放大军送上彼岸。

爷爷摇摇头说,错了错了,功劳是旺旺的,旺旺才是英雄。

爷爷一句话,给了我莫大荣耀。

伯伯回来了,要接爷爷去城里看病。

爷爷想带我一起进城。伯伯说使不得,养狗得有户口。再说人家养的是名犬……

名犬怎么啦,中看不中用,哪里比得上我的英雄?爷爷很生气。

不过爷爷还是妥协了。爷爷将我领到四叔家。爷爷对四叔说,我一走,你担子更重了,老老小小几十口哩。

四叔说老伯,您放心,我一定把家看好。

爷爷说英雄就放你这儿,它机灵得很,说不定能派上用场,我看完病就回来,再过几天就该收玉米了,麦子也到了播种的日子,时间不等人啊,唉,都是这病闹的。

▶ 第二辑　雾里看花，水中望月

四叔忙说老伯，您辛苦了一辈子，也该享享福了，地里有我呢，不会荒的。

知道爷爷要去城里看病后，我一点都没闹，爷爷的健康最重要，我可不想误了爷爷，况且我已有了打算。

临上车，爷爷又一次叮嘱，英雄，乖乖地等着我，回来给你带好吃的。

我"唔唔"应着。车子跑起来，我也跃起来。可是我没能跳上车顶，我忽略了自己的年纪。

英雄，英雄……悲切的呼喊中，一串液体滴落下来，咸咸的，涩涩的。啊，是爷爷的眼泪。我心疼极了，可是我已不能表达。

（发 2014 年第 6 期《茉莉》、2015 年第 2 期《河北小小说》）

月亮血

说实话，我很感激大鹏。他就像一面镜子，时时提醒着我：少一点欲望，多一点幸福；少一点要求，多一点喜悦。

我和大鹏同一年考进省城，一个工专，一个师专，比高职好不到哪儿。

拿到入学通知，大鹏第一时间找到我，小海，咱俩说好了，毕业不回家，留省城，我就不信了，大专一定比本科差！

我点点头。我这人没什么主见，有大鹏引领，挺好。

毕业后，我们没有回去。大鹏进了一家合资单位，我进了一所

桃花红 梨花白

三流学校。

大鹏干的是市场营销，天南海北到处跑。我当的是孩子王，教室宿舍两点一线。不出半年，大鹏就跟城里人一般无二。我却是外甥打灯笼——照旧。

大鹏指着我的鼻子说，人是衣服马是鞍，你这个样子，谁看得上？

大鹏说得不错，同一级文凭，同一天上班，大鹏已当上营销经理助理，我却连班主任都不是。可我又学不来大鹏，父母为了供我，花光了所有积蓄。现在妹妹又考进大学，我不能不顾他们。

大鹏知道我的家境，拍拍我的肩膀说，算啦，不说这个啦，以后有用得着我的，尽管说。

我没有找大鹏。我这人期望值不高，有班上有钱拿足矣。倒是大鹏，时不时把我叫去。当然，大鹏叫我不是有求于我，而是请我吃饭。

大鹏请吃不外两种情况，得意，或是失意。

得意时，大鹏会在天鹅大酒店设宴，喊上十来个人开怀畅饮。

失意时，随便找一路边小店，相对而坐，闷头喝酒。

到大酒店赴宴，大鹏总是把我安排在他旁边，并不忘隆重介绍，我是他发小，某小学教师。众人一听连忙端起酒杯，教师好啊，教师是人类灵魂工程师。我知道大鹏的用意，也知道那些人的意思，可我一点都不介意。我这个人随和，大家开心我就开心。

到路边小店吃饭，我们的角色就颠倒过来。这个时候的大鹏，整个一祥林嫂，颠颠倒倒，悲悲切切，一副痛不欲生的样子。我就发挥特长，像教育小学生似的，百般哄劝，千般疏导。

说实话，我很感激大鹏。他就像一面镜子，时时提醒着我：少一点欲望，多一点幸福；少一点要求，多一点喜悦。

第二辑　雾里看花，水中望月

无心插柳柳成行。四年后，我也"得意"起来，荣任学校团支部书记。我很意外，大鹏更加意外。大鹏拍着我的肩膀说，行啊小海，深藏不露，说说看，用了啥手段？

有啥手段？一样的上课下课，一样的待人处世。

骗人！大鹏不信。

前天，大鹏来电，邀我两日后小天鹅一聚。我问他什么好事。他笑道没啥大事，拨正而已。

我知道，大鹏也在跟我较劲。为了不刺激他，我低调，一如以前。

推开"888"，满桌子美味中，只大鹏一个人。

怎么？其他客人还没到？

什么客人？就我们两人！

两人？在这里？

对，两人，这里。凭什么要请他们？吃不了倒给狗都不请！

怎么啦大鹏？你已是经理啦，不好这样的。

谁是经理？不稀罕！来来，喝酒。

好，喝酒。

不公，真不公！两杯酒下肚，大鹏就成了祥林嫂。我知道，我的耳朵要遭殃了。

说得好好的，我干营销经理，任命书都快发了，想不到竹篮打水一场空。小海你说，他们怎么能这样，这不是欺侮人吗？那个张江才来几天？一张研究生文凭，就把我几年的功劳全给抹了。学历算什么？算个屁啊！业绩才是硬本事。还有那个二愣子，你认识，我请他吃过饭，没学历没技能什么都不是，只因为有个当财务总监的哥，上了，保安队队长。最可气的是梅子那个小妮儿，仅凭一张

79

漂亮脸蛋，就轻而易举拿下公关部经理，什么世道？

大鹏很激动，我不发一言，也插不上一言，只静静听他倾诉。对付他，我有经验，他说他的，我吃我的。这桌菜太丰盛，我拣了个大便宜。

你小子饿鬼投胎啊？听没听我说？

听啦，一字不落。我一边嚼着牛排，一边拼命点头。

夜半时分，大鹏终于放行。

一出酒店大门，大鹏突然叫道，红月亮，红月亮。

我抬头望去，月亮像一只银盘，镶嵌在墨蓝墨蓝的夜空上，特别的皎洁和醒目。

奇怪，月亮怎么是红的？红得像要滴血，小海，怎么回事？难道我眼睛有问题？

我仔细一看，大鹏的眼血红血红的。我脱口而出，不错，你的眼睛是出了问题，你害了红眼病。

（发2014年11月《杂文月刊》、2015年1期《微型小说选刊》转载）

盼

官司虽然赢了，爷爷奶奶们还是高兴不起来，他们期待的不是坏胎，而是活生生的人。因此他们日夜期盼着，期盼着政府能尽快出台政策，让他们有生之年能够抱上孙子。

第二辑　雾里看花，水中望月

我的名字叫盼。

为了我，爸爸妈妈像两只不知疲惫的鸟儿，只要听说哪儿能治他们的病，就不顾一切地飞过去。

爷爷奶奶也不轻松，访名医、寻偏方、找药引，鞋子不知磨破了几双，钞票不知花掉了几扎。

外公外婆更可爱，爸爸妈妈刚结婚，就忙着为我购童车，做衣服，买玩具，似乎不这么做，我就赖着不出来。

我终于来了，在生机勃勃的春天里，在一家人的千呼万唤中。爸爸妈妈高兴得欢呼雀跃，爷爷奶奶高兴得喜泪直流，外公外婆高兴得心花怒放。

那段日子，我们家的重心就是我，只要有利于我的成长，大家无不心往一处想，劲往一处使。

爸爸是警察，希望我身体棒棒的，将来好子从父业。

妈妈是教师，希望我文质彬彬的，将来好为人师表。

爷爷奶奶怕我输在起跑线上，为我预约了最好的辅导教师。

外公外婆怕我被人低看一等，为我购回了最好的学习工具。

在这浓浓的爱意中，我是多么的开心和幸福。我想当警察，像爸爸那样守护一方平安。我也想当教师，像妈妈那样托起明天的太阳。我更想做个开心果，逗爷爷奶奶们开心，让家里笑声不断。可是我的憧憬才开始，就被现实击得粉碎。爸爸妈妈走了，走于突如其来的车祸。

爸爸是独子，是爷爷奶奶的唯一。爸爸没了，爷爷奶奶的天空便轰然倒塌。从此，爷爷不再唱京剧了，奶奶不再跳广场舞了，精神矍铄的两位老人，一下子老去十几岁。

桃花红 梨花白

妈妈是独女,是外公外婆的全部。妈妈没了,外公外婆的心肝便生生摘去。从此,外公不再忙生意了,外婆不再绣十字绣了,他们说,女儿不在了,挣钱有什么意义?

亲戚提醒,你们不是还有盼吗?只要盼好好的,你们就有希望。

亲戚的一席话,说得爷爷奶奶两眼发光,外公外婆精神大振。

第二天,四位老人齐齐来到医院,提出要把我接回去。可是院方却说,老人家,我很同情你们的遭遇,可是盼是一个介于人与物之间的过渡存在,处于既不属于人也不属于物的地位,不能像一般物质那样转让或继承。

爷爷奶奶很不服气。爷爷奶奶说,盼是我儿子儿媳身上的一块肉,我们为什么不能带走?

外公外婆气急败坏。外公外婆说,盼是我们生存下去的唯一理由,你们不让接回,不是要断我们的活路吗?

一怒之下,四位老人将医院告上法庭。可是真的对铺公堂,老人们除了哭泣,一句有用的话都说不出。而人家医院,引经据典,振振有词,说出的道理一套连一套,一环扣一环。法官没有经历此类情况,又没有法律条文可以参照,只好依据卫生部颁布的相关规定,做出不支持原告请求的裁决。

听罢宣判,奶奶"哇"的一声哭倒在地。外婆"扑通"一声昏死过去。爷爷外公也抛开男人的尊严,稀里哗啦悲泪直流。

媒体关注了,有关我们的报道铺天盖地。民众关注了,同情的话语汹涌而来。得到支持,四位老人又向中级人民法院提起申诉。

法院经过两个多月的调查取证,从伦理、情感、特殊利益保护,以及我们家的特殊情况出发,最终做出撤销初级人民法院判决,四位老人共同监管和处置医院保存的冷冻坯胎的审理结果。

官司虽然赢了，爷爷奶奶们还是高兴不起来，他们期待的不是坯胎，而是活生生的人。因此他们日夜期盼着，期盼着政府能尽快出台政策，让他们有生之年能够抱上孙子。

望着爷爷奶奶们的焦躁，我心疼极了。爷爷奶奶们年事已高，属于他们的日子已经不多，我多么希望他们快快乐乐的，我多么希望代替父母尽孝，可是我知道这不是一件简单的事情，它牵涉到很多很多的问题，一个全世界都没能解决的问题。

经历这么多的风风雨雨，我终于懂得，"盼"，是怎样的一种煎熬。

（发 2014 年 12 月 14 日《盐城晚报》）

宋天才小传

宋天才没有找班长，也没有找李副主任。宋天才说，这可是咱们立功的好机会，凭什么让给别人？兄弟，这儿你先顶着，那几个小子我来处理。

认识宋天才，是一次招聘会上。

那是我的第九次落聘。正抓狂，一个声音在耳边响起，哥们，没什么，天生我材必有用。

抬头一看，是一双细长的眼睛。敢情与我一样，也是"天涯沦落人"。

宋天才，宋天才。我刚想回应，细长眼睛已被人叫走。

桃花红 梨花白

我最终没有落聘，我的一个表舅发挥了作用，他刚到我们这里挂职锻炼。

报到那天，我又听到了"宋天才"这个名字。原来人家已上班两年，并且跟我同一科室。

宋天才看到我先是一愣，随即拍拍我的肩膀说，我就说嘛，天生我材必有用。

我有点心动，这哥们待人热心，我初来乍到，他或许能帮衬得上。

我的职位是安全员，站门岗的那种。班长说，先到一线锻炼锻炼，大家都是这么来的。

我连忙点头，我能进这个单位，已经是烧高香了。

第一天上班，是跟宋晓天实习。

宋晓天是谁？我问班长。

班长哈哈一笑，宋天才。

宋天才怎么成了宋晓天？我有点诧异。

不久，我发现他特爱说"天生我材必有用"，每天都说，最多的一天十次，敢情"宋天才"由此而来。

后来同事们证实，我的想法不全对，宋天才不安分，爱耍小聪明，常常是聪明反被聪明误。

故事一：单位分到一个劳模指标，宋天才觉得这是拉近关系的极好机会，连忙搜肠刮肚，给黄主任发了一个邮件，盛赞黄主任丰功伟绩，称劳模荣誉非黄主任莫属。

发完邮件，宋天才想到，黄已接近让位年龄，将来谁能坐上头把交椅，一时泾渭不明，不如趁机把该敬的全部敬到。于是他连忙调出底稿，换上姓氏依次发出。

第二辑　雾里看花，水中望月

当晚散步，巧遇李副主任。宋天才殷殷问候，并提起邮件一事。李副主任回道，是收到一个东西，不过你发错了对象。宋天才暗暗吃惊，立马回家查看。这一看，吓得宋天才冷汗直流。原来，宋天才把给李副主任的邮件发给了孙副主任，把给孙副主任的邮件发给了陈副主任，以此类推，所有的邮件都发错了。

故事二：临近下班，有人送来两袋大米，让宋天才下班后带回。大米产自黑龙江，是品质优良的"白香玉"。宋天才想，自己刚当上小组长，就有人来进贡，难怪人人都想往上爬！彼时恰逢年终考评，宋天才正为政绩平平所忧。两袋米启发了他的灵感。他想，如果能在大米上做点文章，岂不是柳暗花明？于是宋天才忙将两袋米扛到纪委书记那里。

回到办公室，老婆电话来了，提醒他别忘了把大米带回去。宋天才问什么大米？老婆说就是刚才小马送去的两袋米啊，那米熬粥特香，是我特意请人从外地带回来的。宋天才愣住了，汗水哗哗地往下流。

同事还在说着，我已按捺不住。耳听为虚眼见为实，宋天才是单位里第一个向我示好的人，我不想他被编排。

那天，又轮到我和宋天才同班。当时，新疆刚刚发生暴恐事件，单位内部规定，对来港口参观的人，一定要查明身份。

九点钟光景，来了一辆面包车，下来几个维族兄弟。宋天才小眼睛陡然一亮，忙说等等吧，现在不宜参观，风浪太大，有危险。随即将人带到旁边的休息室，又是敬烟，又是倒茶。客人喝茶的当儿，宋天才忙向主任汇报。主任说他在外地，有事找班长，或是李副主任。

宋天才没有找班长，也没有找李副主任。宋天才说，这可是咱们立功的好机会,凭什么让给别人?兄弟,这儿你先顶着,那几个小子我来处理。

我觉得不妥,准备劝劝他,宋天才已抬腿走人。

事后我才知道,为了稳住那几个人,宋天才颇动了一番心思。他先是问寒问暖极尽关心,接着详细介绍港口的过去、现在和将来,看看时间差不多了,又自掏腰包请人家吃饭。按宋天才的想法,先把那些人灌醉,再一一将其擒拿。谁知那些人个个海量,喝酒当喝茶一般。宋天才不仅没能灌醉人家,自己反倒趴下。

宋天才是第二天下午才来上班的,脸色苍白苍白的,小眼睛失去了往日的神采。原来,那些维族兄弟是咱市对口支援学校的教师,是到咱这儿来学习培训的。宋天才偷鸡不着蚀把米,又一次成为笑谈。

经历这件事,我也开始重新审视起宋天才来。

(发2015年8月15日《大丰日报》)

第一次发表作品

晚上,我做了个梦,梦见《华人文学》像一个小精灵,轻轻地飞入我的怀抱。小精灵可爱极了,尤其是登我作品的那个页码,还特地套了红。同事们纷纷抢着欣赏,小妮子看我的眼神也温柔起来。

自从来了个小妮子,我的一统江山就变得岌岌可危。

小妮子仗着文笔好,又有后台撑着,一直不把我这个科长放在眼里。尤其是昨天,小妮子居然在科室会议上公开叫板,说我外行

第二辑 雾里看花，水中望月

不能领导内行。我那个气啊，我不就是对她的剧本提了几点意见吗，她即便能力再强水平再高也不能十全十美吧？况且这么多年来我都是这么干的，否则如何体现我这科长的权威和价值？

可是冷静下来一想，小妮子的话不无道理，我们是文化单位，"文人相轻"源远流长，如果没有作品出来，是要矮人一等的。过去我虽然做过一段时间的文字工作，可那是公文，与文学搭不上边。要想当个内行，是该奋发一下了。写什么呢？我脑子快速运转着。写剧本显然不行，我不想太费时间。还是微型小说吧，这东西篇幅小，不缠人，来得快。

说干就干。我花了一个通宵，终于将初稿写成。又花了一个通宵，进行润色和完善。第三天，我将小张小王悄悄叫到家中。

小张小王是我的两个小兄弟，把我奉若神明。

果然，看了我的处女作，小张小王击掌大呼，头，你太有才了，这文字、这笔力，哪里是小妮子可比的？头，我敢说，只要你的大作一发表，一定会好评如潮。

我知道这俩小子是曲意奉承，可我还是很高兴，他们说的不正是我想要的吗？我问他们投哪儿合适。俩小子眼珠子一转，《华人文学》，中国第一大刊，影响大，涵盖广，不愁小妮子不诚服。

我暗喜，忙将稿子特快寄出。那段日子，我是度日如年。我的一头浓密的黑发，也随着我的焦虑争先恐后往外跑，害得我不得不像我们局长那样，用起了固肾生发丸。就在我快要崩溃的时候，小王指着电脑大叫起来，头，上了上了，快点来看，您的大作上了！

我奔过去一看，《华人文学》某某期的目录上，我的作品、我的姓名赫赫在目。大喜之下，我立马掏出一包大中华。

桃花红 梨花白

叼着我的大中华,小张小王一个个科室喊过去,不一会,全局人都知道了,他们呼地一下蜂拥而来,嚷嚷着要为我祝贺祝贺。我知道他们的意思,也想显示显示,就在新词大酒店订了几桌酒席,推杯换盏饕餮一番。

晚上,我做了个梦,梦见《华人文学》像一个小精灵,轻轻地飞入我的怀抱。小精灵可爱极了,尤其是登我作品的那个页码,还特地套了红。同事们纷纷抢着欣赏,小妮子看我的眼神也温柔起来。

第二天,我精神焕发地上了班。一进科室,小王就凑了过来,头,我去过收发室了,杂志还没到。我笑道,哪那么快,人家得有个过程。小王挠挠头,也是,瞧我这急的。

从那天起,收发室就成了小张小王每天必去的地方。我虽然没有跟过去,目光却是紧紧相随。看到他俩空手而归,我嘴上不说什么,心里却是火烧火燎。

熬到第三个月,我终于忍不住了,打听到有售《华人文学》的报亭,忙不迭地跑过去。翻看目录,作品名、作者名,与电脑显示一般无二。再翻下去,我愣住了,天下竟有如此巧合!欢喜了几个月,到头来却是美梦一场,我那个窘啊,死的心都有了。

正当我不知所措的时候,一行小字挽救了我:代办各种文凭和证照。我立马找上门去,讨价还价再三协商,终于以两千元达成共识。

拿到新版《华人文学》,我百感交集。为了这个宝贝,我前后花了七千多块,都快赶上两个月工资了。不过我一点都不后悔,因为钱没了可以再挣,面子没了万万不行。

(发 2015 年 5 月 17 日《盐城晚报》)

第二辑　雾里看花，水中望月

吉祥三宝

在一次班子会上，倪乡长拉着王副乡长和邱副乡长的手调侃道，我们三人合脾气，就连缺陷都生在明处。俗话说瘸子聪明麻子俏，瘸子的心气比天高。如今我们强强联手，还有什么事情办不成？我们可是和平乡的吉祥三宝呢！

提起和平乡的王副乡长和邱副乡长，他的同僚和部属没有一个不饶头的。

王副乡长肤色白净，印堂饱满，远看堪比潘安，近看沟壑成片，是难得一见的大麻子。

邱副乡长脸上虽然一马平川，顶上却不容乐观，几根毛发东倒西歪，褐色瘢痕横七竖八，是远近闻名的疤癞头。

老实说，这样的尊容摊到谁身上都够呛的。但是既然摊上了，不正确面对又能咋的？毕竟心灵美才是最重要的。问题是这两位老兄又是个搽粉上吊——死要面子的主，谁要是在他们面前带出个"麻"字"癞"字和"疤"字，就如同挖了他家的祖坟。

和平乡位于里下河地区，这里的方言土语中，带"嘛""吧""啦"读音的词和短句特别多。为了避免犯上作乱，与之交往的人，语言中碰到这些禁忌的字眼，总是能换则换，能避则避。实在躲不开了，就打个手势省略掉，生怕一不小心触动两位副乡长的敏感神经，搞得大家都不快活。久而久之，和平乡的日常用语就悄悄起了变化。

89

桃花红 梨花白

比如"麻袋"变成"品种袋","腊肠"变成"腌制肠","麻婆豆腐"变成"老婆婆豆腐","辣妹子酱菜"变成"火妹子酱菜","干啥子么"顶替了"干吗","吃过没有"顶替了"吃过了吧"等等。

口头语言，约定俗成，见怪不怪。可是用到正规场合和文字材料上，就不那么好办了。比如说乡派出所在扫黄打黑活动中，搜缴麻将十八付，赌资八十万。材料经王副乡长和邱副乡长过目后，"麻将"和"麻友"分别被改成"赌具"和"赌友"，"十八付"和"八十万"分别被改成"近二十"和"七十多"。材料上报公安局后，公安局长不乐意了，认为和平乡派出所工作不实不力，报个材料都含含糊糊地。挨了熊的派出所所长虽然心里憋屈得慌，却也只能打落牙齿往肚里咽。一次，派出所所长酒后吐了怨言。秘书老张听罢却说兄弟，你这点破事算个球！我受到的委屈，那才真是三天三夜说不完。

不久，上面调来一位倪乡长。见面会上，倪乡长的身影刚出现，参见的部属就暗暗叫起苦来，为啥，倪乡长腿脚不灵便！此前，王、邱二位副乡长的忌讳已搞的大家头疼不已，如今又添了个瘸乡长，今后的日子还怎么过？！

谁知，倪乡长一开口就语惊四座，本人姓倪，名启明，绰号倪瘸子，行伍出身，性格耿直，不拘小节。今后与各位共事，公开场合，大家给个面子，称我一声乡长，其余时间，瘸子丢子随便叫。俗话说，先入山门为师父。本人刚从部队转业，地方上的工作不熟悉，因此在座的都是我的老师，恳请大家不吝指教，倪瘸子这厢拜托了！说完站起身来，朝大家深深鞠了一躬。

倪乡长的就职发言如和煦春风，吹散了大家心中的阴云。之后，倪乡长果然信守承诺，工作兢兢业业尽心尽职，为人处事坦诚正直

第二辑　雾里看花，水中望月

谦和大方。尤为难得的是他不仅不遮掩自己的短处，还常常把"瘸"字挂在嘴上，仿佛时刻提醒别人他的与众不同，他的金贵稀缺。

在一次班子会上，倪乡长还拉着王副乡长和邱副乡长的手调侃道，我们三人合脾气，就连缺陷都生在明处，这可是老天爷的额外恩赐呢。俗话说痢子聪明麻子俏，瘸子的心气比天高。如今我们强强联手，还有什么事情办不成？我们可是和平乡的吉祥三宝呢！

倪乡长的话让人忍俊不禁，就连王、邱二位副乡长也跟着"嘿嘿"干笑。

后来大家得知，倪乡长的腿是在抗洪抢险战斗中负的伤，他的兜中，还揣着一份残疾军人证。

有一位瘸乡长在前面挡着，王、邱二位副乡长不再像过去那么讲究了，机关大院终于一改往日的沉闷和拘谨，变得活跃融洽起来。

一天晚上，通讯员到倪乡长住处送一份急件。月光下，倪乡长和着悠扬的音乐，展一个"白鹤亮翅"，动作舒缓如抽丝；摆一个"手挥琵琶"，出步轻柔似猫行。弓步划弧、合抱提膝、分手蹬脚……一套太极拳术，行云流水，刚柔相济，把个通讯员看得眼花缭乱，感叹不已。直至倪乡长旋臂分手，下落收势，通讯员才回过神来。回过神来的通讯员指着倪乡长的腿惊叫道倪乡长，您的腿？

倪乡长神秘一笑，我的腿早好利落啦，不过为了我那两位可爱的助手，它们还得委屈一阵子，小老兄，这可是个军事机密哟！

（发2011年9月《金山》）

七 月

　　初中一毕业，我就回家了。我用我的十一个手指头，把土地伺候得舒舒服服。二十岁起，我加入了相亲行列。可那些姑娘，没一个愿意与我牵手。不知她们是忌讳我的脾气，还是我的欠缺。

　　你说我爹该不该？我生于七月，他就叫我七月。倘若我生在三月三，他是不是就叫我三月三了（三月三在当地有'杂种'之意）？

　　七月是什么？七月是一年中最炎热、最难熬的月份，也是自然灾害最频繁、最严重的月份。在我的记忆里，就有很多事情发生在七月。三次失火，四次发水，还有我爷爷奶奶的生命，也是在七月里终结的。最可气的是我的手，凭空的多出一个指头，怪不得大娘说，七月是鬼的生日，容易"犯冲"。

　　大娘跟我娘不和，说话总是夹刀带棒的。我知道大娘是在影射我，可我一点不生她的气，谁让我爹授人话柄！我也不忌讳鬼啊神的，人总有一天要变成鬼的。我痛恨的是我的名字，七月已经给我带来灾难，再让我同它日日厮混，屈不屈啊？！

　　名如其人。听娘说，打小我就特别犟，屁大点事都能大哭不已。进了小学，三天不打架，就该烧高香。

　　一次，我把同学抓成大花脸。这下不得了，当天晚上，他们一家气呼呼地找上门。打头的吴瘸子，指着他儿子的脸对我爹说，你看看，七月把我娃打成这样，要是感染了怎么办？要是落下疤痕怎么办？要是打坏了脑袋怎么办？要是讨不到老婆怎么办？

吴瘸子的两片嘴唇急切地翻飞着，口水喷了我爹一身一脸。我爹理屈，耐着性子一言不发。我娘把我紧紧护在怀里，也是一言不发。吴瘸子老婆越发得逞，往我家地上一坐，双手把地拍得"啪啪"直响，尖利的嗓子似要穿透屋梁。等他们吵够了，我爹才慢腾腾地说：娃还小，不懂事，要不也让你娃抓一把？

临睡前，我爹把我拉到跟前问道，这次又是为什么？我哭道，是他先惹我的，他喊我六指。爹说六指是爹娘给的，要错也是爹娘的错，下次如果有人再喊，你只当耳旁风。

我含泪点了头，可是屁股一转又忘得干干净净。那根多余的指头，是我尖锐的痛，谁敢触碰，我的反应只有一个，就是揍他。我的举动，老师开始还能理解。次数多了，就不耐烦起来，说我好打架，闹不团结。

初中一毕业，我就回家了。我用我的十一个指头，把地伺候得舒舒服服。二十岁起，我加入了相亲行列。可那些姑娘，没一个愿意与我牵手。不知她们是忌讳我的脾气，还是我的欠缺。

终于成家了。老婆虽然是个二婚头，爱美的劲头一点不比小媳妇差。我的收入全靠老天赏赐，哪能满足她的虚荣。老婆不开心了，脸拉得长长的，睡觉也不让我碰她。这些我都忍了，毕竟是我不好，没能给她长脸子。可是她不该得寸进尺，挑战我的底线。于是我火冒三丈，一把揪住她的头发，把她的脑袋狠狠地按进水缸里，待她咕噜咕噜喝个半饱，才将脑袋提起来，问她还敢不敢再提六指二字？

打完老婆，我心疼不已。这狗脾气，老婆是娶来疼的，不是打的。爱美之心人人皆有，自己生的那些闲气，还不是面子作祟。人无完人金无足赤，别再为难自己了。第二天，我走出家门。不久，我同一家公司签订了合同，利用屋后的一块地，建起一座三百多平方米的养鸡场。两年后，我让老婆也光鲜起来。

我说过，人要面子树要皮，我都三十大几了，不想再背着好斗的恶名。为此我抓过小偷，救过落水儿童，还资助过贫困学生。当然，这些都是默默做的，没告诉过任何人。得到我帮助的人，也没对外宣传过。我虽然有点失望，但也不十分在意。我相信那句话：人在做，天在看，总有一天，人们会了解我的。

没想到，这一天来得这么快。这天，我一如既往地去公司办事。过马路时，对面一位母亲，牵着三四岁大的女儿，与我相对而来。会面时，小姑娘还甜甜地叫了声"叔叔好"。

突然，一阵风刮跑小姑娘的遮阳帽。小姑娘挣脱妈妈的手，转身朝马路中央追来。一辆急速行驶的车子，已来不及采取任何措施。情急之下，我不顾一切冲上前，一把推开小姑娘，自己却高高飞起。

七月十日，我的生日，又是忌日，多巧。

（发2014年8月31日《盐城晚报》）

意　外

冷静，千万冷静。老哥，我也不想这样，老邻老居的，撕破脸皮多不好。可这畜生，你说它死哪儿不好？偏死在你老哥的地里，并且是在你的最后通牒后，站在我的角度，你说怎么办？

第二辑 雾里看花，水中望月

老张还是不放心，午饭碗一推又去地里了。

地里长着老张的宝贝疙瘩，老张惦记，大黄也惦记。

大黄是老李家的一头牛，自从怀了崽，吃东西格外挑剔。老张培育的几亩良种水稻，大黄最喜欢了。两家的地又头靠着头、脚挨着脚，近水楼台，方便着哩。

远远地，老张果真看到了不愿看的，血一下子就冲上了头：什么人？说话放屁都不如！

老张气呼呼地奔过去，到跟前，愣住了，大黄一动不动地趴着，身上沾满了泥浆，稻苗碾倒了一大片。老张直跺脚：不好，跳进黄河洗不清了。

老张知道，老李对大黄的爱，也是那种刻骨铭心的。牛是农家宝，种地少不了，何况大黄还年少，还是个双身子。一旦得知大黄没了，用腿肚子都可以想象得出，老李会急成啥样子。

老李果然来了，笑眉笑眼的。老张最怕这副尊容，软刀子杀人不见血，邻居几十年，太熟悉了。

老张刚要让座，老李伸手拦住：我是负荆请罪的，哪有坐的道理？都是大黄不好，把自己看得太重了，不就怀个崽吗？值当你这么张狂？老哥的禾苗是什么？是心头肉！你吃了老哥的心头肉，你就是怀十个崽，我也不能放过你。咱俩啥关系？一起玩泥巴长大的伙伴啊，怎能为这点事毁了咱几十年的交情？不能！我一定要好好教训教训这畜生，让它知道什么东西能碰，什么东西不能碰。我正寻思着如何处置，你帮我解了难，干脆、果断、快刀斩乱麻，老哥，我真是太佩服你了。

老李的两片嘴唇，像正在交配中的蝴蝶翅膀，兴奋而快速地张

桃花红 梨花白

合着，说出的话，句句呛人。老张刚想解释，一口浓痰又呼啸而来，贴着老张的头皮飞过去，"扑"地贴上老张的相框，在老张的眉心张扬着。

哎哟，不好意思，我给你擦擦。老李嘴里说着，身子却纹丝不动。

老张有点恼，又不好发作，当务之急是洗脱身子，老张说老李，你误会了，不是你想的那样……

啊哈，知道你会这么说，你老哥我还不了解，谦虚、高尚，做好事不留名，可咱俩谁跟谁？让你做无名英雄，不地道。哎老哥，脸色咋这么难看？要不要上医院？不要？哦，你是个大忙人，没空跟我闲扯，要不这样吧，咱长话短说。我那婆娘，你知道的，认死理，蛮里缠。大黄是她的命根子，不给个说法不好弄啊。你看这样好不好，趁她还不知道，咱私了得了，你给个半价，大黄一万，崽子五千，余下的我想办法，行不？

老李，你别讹人好不好？我再说一遍，大黄的死与我一点关系都没有！老张终于忍不住了。

冷静，千万冷静。老哥，我也不想这样，老邻老居的，撕破脸皮多不好。可这畜生，你说它死哪儿不好？偏死在你老哥的地里，并且是在你的最后通牒后，站在我的角度，你说怎么办？要不你给我指条路？

不错，我是咒骂过大黄，可我仅是骂骂而已，还没歹毒到这种地步，你要不信，我可以对天发誓，大黄要是我弄死的，我们全家都不得好死！

哎哟老哥，这就是你的不是了，钱算什么？狗屁！怎么能拿一家人的性命打赌呢？老哥，你要是不好好配合，后面的事我就真不好说了。

下午，老张的地里聚满了人。几位警察拍照的拍照，查询的查询。老李的儿子也在其中，老李喊回来的。儿子在市医院工作，水平一等一的棒。儿子拎来一桶水，"扑"地泼到大黄头上，大黄的庐山面目便随之露出：脸面布满红包，有的还淌着黄水。

知道了，蜜蜂干的，儿子轻轻地说。

大家探头一望，可不，大黄不仅身上粘了很多蜜蜂，嘴角上也有好几只。

老李，是蜜蜂干的，是蜜蜂干的！老张兴奋极了，老李却操起了铁锹。

跨过两条田，三道沟，金黄色的菜地边，几十只蜂箱有序地排列着。两个戴面罩的养蜂人，一边摇着手，一边大声叫道：别过来，当心蜂蜇人。

爸爸，别着急，有话好好说。儿子紧紧跟着，乡亲们也紧紧跟着。

你怎么来了，我正准备找你哩。掀开面罩，是一张俏丽的脸。

怎么是你？这蜂是你们家的？儿子懵住了。

是啊，我不是告诉过你吗，我爸是养蜂的，今早刚到你们这儿。我先跟爸报个到，然后再去你家。

哦，原来是这样。

她是谁？你们认识？老李睨向儿子。

爸，她就是雅倩，也在我们医院工作。听说咱家出了事，放心不下。雅倩，这是我爸。

叔叔，别着急，事儿一定会弄明白的。

明白，明白，老李慌乱起来。

老李慌乱着时,老张也来了。老张不光是来看热闹,还想讨公道。谁知老张一挨近,就有人喊起来:表哥,表哥。

你,你,你是小老表?你怎么在这儿?

嗨,早上才来的,正打算安顿好去看你呢,想不到,哎!

真相大白,一场危机悄然化解。不过事儿太特别,几位当事人的心里,还是嘀嘀咕咕,五味杂陈。

(此作发2016年第3期《洮湖》)

带薪干部

儿子笑道,干工作没报酬,还要倒贴话费,老爸,您当的是"带薪干部"啊。老华佯嗔道,臭小子,没大没小的,还不快给我充话费去。

时针刚指向凌晨五点,老华就已经进入工作状态。这是老华多年的习惯,用他的话说,早晨空气清新,脑子好使,便于思考问题。

此刻,老华正在行使职权:保安是否在岗,保洁员是否到位,小区有无异常,公告栏有无信息反馈……一圈溜达下来,已到早餐点儿。如果没有特别事务,老华会打道回府,因为餐后还有一箩筐事情在等着。

老华是零七年住进斗龙小区的。那时物业管理刚刚时兴,管理者经验不足,业主又大多来自乡村,一时难以适应被约束的生活,加之接管小区时,物业没有把好关,住宅的建筑质量和安全措施都存在一些问题。面对业主的不满,物业没能做好耐心细致的解释,

第二辑　雾里看花，水中望月

整改措施也迟迟不见出台。几位业主一商量，就来了个釜底抽薪。

业主是物业的衣食父母。物业收不足经费，就无法提供好的服务。管理一松懈，不法分子就乘虚而入。业主们坐不住了，纷纷讨要说法。双方闹上公堂，公说公有理，婆说婆有理。

老华觉得不是办法，就到浦江小区学习取经。回来后见人就宣传：咱们也应该成立业主委员会，这样既可以参与小区管理，又能维护自己的合法权利。大家见他说得在理，一致推举他当业主委员会主任。

新官上任三把火。老华的第一把火是公开招聘新的物管；第二把火是推行奉献精神，班子成员不享受任何待遇；第三把火是降低收费标准，为业主谋取最大利益。

三把火烧暖了业主的心，业主们说，华主任不愧是位老干部，说话办事处处想着我们。

老华在位时，借助"市长热线"，落实了不少惠民措施。当上业委会主任后"老调重弹"，立刻将自己的手机号公布到小区专栏上。如此一来，业主是便当了，家人却遭殃了。老华耳朵有点背，铃声总是开到最大量。偏偏老伴睡眠很不好，常常要靠安眠药来维持。有时好不容易刚睡着，铃声就杀猪般鬼叫起来。老伴受了惊吓，只好瞪着眼睛等天亮。

老伴苦不堪言，老华也不轻松。事情来了，电话里能解决自然最好，否则还要亲临现场。老华生过风湿病，身子特别怕冷。春夏秋三季还好对付，倘若数九寒天，夜里来回一折腾，两条腿捂到天亮都冰凉。老伴埋怨，你犯官瘾是不是？老了老了还不让人省心，小区里年轻人那么多，就你逞能！

老华清楚，任职期间，老伴跟着吃了不少苦。原打算退位后好

99

桃花红 梨花白

好补偿，想不到现在又上了岗，于是连忙赔着笑脸：知道知道，我这不正物色着吗，一旦有了人选，立马兑现承若，陪你慢慢变老。

老伴咕噜一笑：陪我慢慢变老，你以为你还年轻啊。对了，你原来是个"七品"芝麻官，以此类推，如今的官儿恐怕灰星子都不及。老华说职级不同，宗旨一样，都是为人民服务。

别看业委会主任官不大，管的事儿却不少。大到房屋维修、设备更新，小到邻里纠纷、夫妻吵架，只要找到老华，老华事必躬亲。颐养天年期间，老华一百块钱话费能管几个月，现在只能管几天。老华年高后，话费大多是儿子帮助充。儿子见父亲话费用得这么快，有点不理解。母亲说，儿子，你不住这里不知道，你爸自从当上这个主任，手机日夜叫个不停，有多少话费吃得消折腾。儿子笑道，干工作没报酬，还要倒贴话费，老爸，您当的是"带薪干部"啊。老华佯嗔道，臭小子，没大没小的，还不快给我充话费去。对了，这次多充点，充二百。不不，充三百。

后来这事不知怎么传了出去，有人立刻编了个歇口语：老华当干部——倒贴。

俗说隔行如隔山。老华虽然为官多年，然那时是宏观调控，现在却微观到吃喝拉撒睡。为了胜任岗位要求，老华特意从新华书店选回一摞子书来恶补。老华不仅自己忙着充电，还要求委员们抓紧学习。委员们取笑道，主任啊，您这是打造优秀班集体啊。老华说，咱既然坐上了这个位子，就尽量把事情做好，否则不仅对不起业主，也对不起自己。

前不久，市里开展综合评比，老华掌管的小区，以得票率最高荣登榜首，成为首批"花园式模范小区"。

> 第二辑　雾里看花，水中望月

（此作发2014年2月22日《大丰日报》，入选全国廉政小说《选择游戏》）

白脸、黑脸

能够受到贵宾式的礼遇，已经是谢天谢地了。如果提着大包小包，那是连门都进不去的。来访客人，无一例外得由老婆审查。

当上领导后，邱天就成了"妻管严"，很多事都得老婆说了算。

乡里人好热闹，高兴起来相互打个招呼，不喝个天昏地暗决不罢休。如果谁家娶亲嫁女或是祝寿满月，只要得到消息，只要有一点点关系，哪怕再忙再不方便，酒是必须喝的。这种礼尚往来，除了亲情友情外，也是发放或回报"人情贷款"的一种方式。约定俗成，不足为奇。偏偏到了邱天这儿，就成了赶场走进死胡同——行不通。他的老婆蓝敏，除了工作上逼不得已的应酬，其他吃请一概免谈。即使被朋友强行架到酒场，只需一个电话，就乖乖滚回。

每次召唤，蓝敏都有充足的理由，不是孩子病了，就是自己加班，或者家里来了客人，再不就是什么东西坏了，急需男人回去处理。看到邱天一脸焦急，请客的即使再不情愿，也不得不挥手放行。

请客没商量，那就登门吧，条条大道通罗马，活人还能被尿憋死？握手让座，客套寒暄，一套礼节下来，就该进入正题了。谁知蓝敏却寸步不离，递烟、续茶、削水果，热情得像一盆火。来人知道她的醉翁之意，只得把熊熊燃烧的欲望狠狠地压下去。倘若有人想碰

桃花红 梨花白

碰运气，必定是戴着孝帽去道喜——自讨没趣。

能够受到贵宾式的礼遇，已经是谢天谢地了。如果提着大包小包，那是连门都进不去的。来访客人，无一例外得由老婆审查。

有位访者，以为当过几天邱天的领导，比别人要特殊些。谁知当他敲开门，蓝敏竟装起糊涂来，说邱天不在家，有事到单位找。那人想把礼物丢下，蓝敏脸色骤变，"扑通"一声将门关死。那人的儿子不死心，随即又赶了过来，介绍完身份后，丢下东西立刻走人。结果人还没到楼下，东西已落到地面。

邱天能领导数千号人，却领导不了自己的老婆，难免不被议论。尤其是那些"深受其害"的人，更是埋怨邱天择偶不慎。邱天却说，老婆也不容易，工作那么辛苦，还要操劳家务拉扯孩子，这个家少了她还真不行。

一天，一位同学来看邱天。同学在新疆当兵，自然要带些边疆特产。同学身着便装，两人又不相识，蓝敏以为是个行贿的，死死把着门不让进。争吵声惊动了正在办公的邱天。邱天套着猫眼一看，竟是自己多年未见的老同学。

误会同学，蓝敏尴尬不已。邱天连忙解释，这不怪她，是我让她这么干的。自从当上芝麻小官，找我的人就没停过。倘若是一般人，自然公事公办，一切以政策为准绳。如果是乡里乡亲，就不好办了。我的情况你知道，从小失去父母，是乡亲们把我哺育成人。现在乡亲们有事找到我，不答应岂不是忘根本？还有那些兄弟单位的领导，但凡涉及教育上的人和事，第一个找的便是我。现在是法治社会，什么事都要公平公正。可是教育上也有很多求助于人家的事情啊，把人得罪光了，教育怎么发展？至于上级领导打个招呼，或是递个条子什么的，那就更加棘手了。怎样做才能既不得罪人又不违反政策呢？想来想去只有请出蓝敏了。蓝敏是外地人，我们俩一个黑脸一个白脸，还真蒙住了不少人。

嫂子难道没有工作单位？她的领导难道没有所求？

当然有。蓝敏为了支持我的工作，推掉了几次晋职机会。无欲则刚。人家见她这样，有想法也开不了口。不过现在好了，中央颁布了廉政建设八项规定，找我的人已几乎为零。

原来是这样，同学肃然起敬。

拜访回来，同学庆幸不已。同学确实有事相求。同学即将转业，想请邱天帮忙找个好点的单位。同学自语，多亏那两口子的一堂课，否则脸丢大了。

（此作发 2015 年 4 月《北京精短文学》、2015 年 7 月 18 日《大丰日报》）

噩梦醒来是清晨

下了楼，我给父亲和妻子分别发了短信，我对他们说："我去该去的地方了，何时回来说不准，不过请放心，这次我的选择没有错。"

我被提溜着，坠向无底深渊。阴森森的风，锥子般直往我血肉模糊的躯体里钻，我疼得大叫起来。可是我的声音只能在胸腔里奔突，那只毛茸茸的爪子，死死卡着我的喉咙。

"一念之欲不能制，而祸流于滔天。欲而不知足，必失其所有欲……"还是那个声音，自枪声响起后，它就不绝于耳，句句惊心。

"享受去吧！"毛茸茸的爪子猛地一松，我"扑通"一声坠落地面。立时，我的耳朵就被各种声音充斥。偷眼望去，面前的一间间房子，分别标着"杀人越货"、"打家劫舍"、"逼良为娼"、"忤逆不道"、"图谋造反"等字样，恐怖的声音正是那里传出的。再看四周，残损的肢体遍地都是，吸引得一群群蝇蛆钻进钻出、起起落落。不远处，几条狗津津有味地啃噬尸体，几只鹫凶狠地啄着骷髅的眼珠子。我刚想逃离，突然被狠狠一推，推到一座很大很大的房子前。

这也是一间刑讯室，上书"贪官污吏"四个字。房子没有门，里面的酷刑一目了然：刀劈、火燎、油炸、蒸煮、石舂、凌迟……受刑的犯人，哀号声声，痛苦异常。

"你，2020。"凄惶间，一个戳子已盖胸前，血红血红的，像一朵艳丽的罂粟。

"您是成杰？成委员长？"我又惊又喜。

"呵呵，叫我老成就行。"

"老成，这是什么？"我指着戳子问。

"哦，你的刑罚排在2020年。"

"2020年？"

"是啊，贪腐案最多，每年都有很多起。"

"太好了，我可以暂免皮肉之苦了。"

"别高兴太早，候着的要做苦力，每天要完成很多很多的工作。如果完不成或者做不好，就要用锥子锥，用毒蛇咬。"

"老成，能不能帮我通融通融？我已吃过枪子，挨过杀威棒啦。"

"不可以，人间犯下的罪，阴间要加倍偿还，否则就没有'十八

第二辑　雾里看花，水中望月

层地狱'了。"

我大骇。初涉政坛，父亲就一再警示："治官事则不营私家，在公家则不言利"。父亲饱读诗书，家教甚严，可我辜负了他的期望。审判会上，我不敢看父亲一眼，父亲堂堂正正一辈子，老了老了还要蒙受耻辱。我也不敢看妻子一眼，妻子只想一家人团团圆圆，可是这个最朴素的愿望，也因我的贪婪而彻底破灭。我更不敢看儿子一眼，儿子一直以我和爷爷为荣，以我们这个家为荣，美梦破碎，儿子何以面对？我捶胸顿足、号啕大哭。

我的哭声，引来一众人犯，大家七嘴八舌地问："你贪了多少钱？"

"不太清楚，怕有千把万吧。"

"千把万还哭？俺五百万就挨枪子了。"有人叫起屈来。

"胡清，你小子也不冤，这要是放我们那时候，杀一百次都不为过。我和张善才几个钱，怪只怪我们在错误的时间做了错误的事情。毛主席曾说，只有处决我们，才可能挽救一大批干部。如此看来，我们才真是冤呢。"

"冤个啥？尔等一人犯法一人当，我却是株连九族啊，可怜我的两个孩子，小小年纪就上了断头台，冤枉啊，冤枉啊！"

"再吵，再吵就让你永世不得超生！"一声断喝，镇住了喊冤者。

"老成，他是谁？"我悄悄问。

"他是王温舒，西汉人，贪污的财产相当于西汉十年的总收入。事情败露后畏罪自杀，财产没收，全族诛灭。"

"啊！"我忍不住惊叫起来。

"舒适，出来受审。"突然，一只爪子朝我伸来。

"错了错了，我是 2020 年啊。"我急忙后退。

105

"就是你,罪恶深重,影响极坏!"

"救命啊,救命啊!"我大叫起来。

"舒适,舒适,你怎么啦?"是妻的声音,我猛地睁开眼睛。天已经大亮,小鸟在窗台唧唧欢唱,父亲在楼下的公园里晨练,儿子在阳台上温习英语,厨房里饭菜的香味在氤氲、升腾……目光所及,一切是那么的熟悉,却又格外的温馨。哦,有家如此,夫复何求?

我梳洗一下,急急出门。

"舒适,你不吃早饭?"妻子追出来问。

"不吃啦,有要事要办。"

下了楼,我给父亲和妻子分别发了短信,我对他们说:"我去该去的地方了,何时回来说不准,不过请放心,这次我的选择没有错。"

发罢信息,我朝检察院走去。

(发2016年第1期《北京精短文学》、2016年3月12日《大丰日报》)

守株待兔

原来这样啊,贩子笑道:你怎么能跟他学呢?你知道那个老者是谁吗?他是咱们县令的父台,他老人家想干的事,还有什么干不成的?

宋国有位农夫,耕种着祖上传下的几亩地,每天日出而作日入而息,一心想靠勤劳的双手,过上富足的小康生活。

第二辑　雾里看花，水中望月

一天，农夫正在给禾苗松土，突然一只野兔从草丛中钻了出来。野兔见到挥舞锄头的农夫，以为遇到了猎人，吓得拼命奔跑，不料撞到地头的一棵刺槐上，当即口鼻冒血倒地而亡。农夫大喜过望，急忙上前将兔子一把抓起。

农夫已很久没见到荤腥了，看着手中的兔子，馋虫子一下子就被勾了出来。于是农夫破天荒没有等到天黑，早早收起农具打道回府。

回到家中，农夫来不及喘口气，就急匆匆地收拾起兔子来。为了把兔肉烧得好吃一些，农夫还向邻居求教。邻居是个屠户，家中常年酒肉飘香。在邻居的指导下，农夫将兔子大卸八块。兔头清蒸，兔肉红烧，内脏爆炒，骨架煲汤。酒足菜饱后，农夫摸着圆滚滚的肚皮想，天底下竟然有此等好事，自己却全然不知，真是白活了半辈子。

第二天，农夫到地里干活再不像过去那么专注了。他干一会儿活，就直起腰来朝刺槐那儿看一眼，希望再有一只兔子跑出来撞到树上。就这样，他心不在焉地干了一天活，不仅该锄的地没锄完，还锄掉了不少庄稼。再后来，农夫索性什么活儿都不干，成天守在刺槐旁。乡邻们看不下去了，劝他丢掉幻想，一心一意把地种好。农夫不为所动，我行我素。可是他从春守到夏，又从夏守到秋，连一根兔毛都没看到。而他的庄稼，因为疏于管理而颗粒无收。乡邻们见他如此愚昧，又好气又好笑，就以他为教材，告诫人们不知变通、妄想不经过艰苦奋斗就能成功的做法是不可取的。这下子不得了，农夫很快声名鹊起，成为宋国人茶余饭后的笑谈。农夫再没面子待下去了，只好隐姓埋名远走他乡。

一天，农夫来到邻国的一个县城，见很多人聚集在一起，静静

107

桃花红 梨花白

地等待着什么。农夫挤到前面一看，一位耄耋老人，正襟危坐在一棵参天大树下，旁边立着一块牌子，上书"守株待兔"几个大字。农夫的心猛地一紧，不堪的过往立马涌上心头。想到自己守株待兔误了庄稼，荒了土地，受到耻笑，不由得升起一股怜意。为了说服老人，农夫不惜自揭疮疤以身说教。谁知农夫的话还没说完，就被老者身边的一个汉子打断了：切，也不撒泡尿照照自己，竟敢同我们老太爷相比！滚滚滚，哪凉快哪呆去，别误了老太爷的好事。

好心当成驴肝肺。遭受凌辱的农夫很是不甘，一心想在尘埃落定时将脸面找回来。谁料这当儿，斜刺里突然窜出一只兔子。这只兔子不知是跑昏了头还是看花了眼，竟一头撞向老者身旁的大树。老者眼明手快，一把抓起垂死挣扎的兔子。立马，四周响起热烈的掌声和欢呼声。

惊诧万分的农夫，重又燃起新的希望。第二天，农夫一大早就守到大树下。旁边卖水果的贩子，见农夫一整天就这么眼巴巴地坐着，忍不住问道：老哥，我看你在这里有些时辰了，是等人吧？

农夫说：不是，等兔子。

等兔子？贩子更加奇怪了。

农夫说：是啊，昨天一个老者就在这儿等到一只兔子。

原来这样啊，贩子笑道：你怎么能跟他学呢？你知道那个老者是谁吗？他是咱们县令的父台，他老人家想干的事，还有什么干不成的？

（发2014年第6期《杂文月刊》）

第二辑　雾里看花，水中望月

东施效颦

这些文章，皆以东施为依据，称扫帚眉果断、有胆识，眯缝眼聚光、有神韵，塌鼻梁仁厚、有担当，蛤蟆嘴性感、有魅力，水桶腰健美、有福相……总之，东施身上的缺点，眨眼间全都成了优点，成了顶级美女的不二典范。

春秋时期，越国有位女子名叫西施，不仅人长得特别漂亮，举手投足间还颇具明星范儿。据说她在河边浣纱时，鱼儿也会被她的美色倾倒，因此"沉鱼"就成了她的代称。

然人无完人金无足赤。西施面容姣好，体质却不尽人意，稍微劳累一点，心口就隐隐疼痛。一天，西施的痛心病又犯了。只见她手捂胸口，双眉紧皱，流露出一种娇媚柔弱的病态美，让人见了无不疼惜。

西施有个邻居名叫东施。此女眯缝眼、塌鼻梁、蛤蟆嘴、水桶腰，模样要多难看有多难看。可是这个东施，却没有半点自知之明，整天做着美女梦，除了吃饭睡觉，其余时间全都花在梳妆打扮上。今天着这种服饰，明天梳那种发型，整得像个花蝴蝶似的，仍然没有一个人说她漂亮。后来，她看到西施捂着胸口、皱着双眉的样子，竟博得众多人的青睐，便也像西施那样，成天捂着个胸口，皱着个扫帚眉，扭着水桶样的腰肢，在人们面前摇来荡去。

俗话说，生就的眉长就的相。东施那个时代，人们更看重自然美，

109

桃花红 梨花白

对一切假冒伪劣及其痛恶。东施照猫画虎生搬硬套，必然适得其反贻笑大方，人们只要一看到就她，就会嗤之以鼻，说她丑人多作怪。东施听到后又气又羞，再也不敢到处张扬了。

一日，东施家来了个贵客。此人是东家的远房亲戚，年幼时曾得到过东家资助，如今衣锦还乡，当上了家乡的干部，便忙着报恩来了。东父大喜过望，紧握着县令的手说，小女平白无故遭受冤屈，整日里哭哭啼啼茶饭不思，还望大人明镜高悬，救小女于水火。

县令上任前，东施效颦的故事就已广泛流传，东父一开口，自然通晓一切，于是应承道，恩人不必担忧，令爱的事包在本县身上。

回到县衙，县令随即召集幕僚商议对策，落实任务。第二天，就有人陆续撰文，对美女标准进行重新界定。这些文章无一例外，皆以东施为理论依据，称扫帚眉果断、有胆识，眯缝眼聚光、有神韵，塌鼻梁仁厚、有担当，蛤蟆嘴性感、有魅力，水桶腰健美、有福相……总之，东施身上的缺点，眨眼间全都成了优点，成了顶级美女的不二典范。

对于这种反常现象，人们开始还不当回事，嘻嘻哈哈地等着看热闹。可是后来见东施不仅出现在文人们的赞词里，坊间也有很多人力挺她，请她帮忙撑门面提升人气。还有人自掏腰包，在闹市口为东施塑像，态度立马来了个180度的大转弯。东施只要一露面，拜师的、请安的、示爱的，苍蝇般"嗡嗡嗡"地围上来，搞得县府不得不增派衙役维持秩序。毫无疑问，这个时候的东施，已是大众眼中的偶像，她的每一个细微举动，都会引起不小的波动。

可是美女西施，情况就很糟糕了。过去，人们以认识西施为荣耀，想方设法接近她，同她套近乎。现在，人们视她为空气，遇到时连

第二辑 雾里看花，水中望月

招呼都不愿意打一声。西施犯病时，人们不仅不再关心问候，反而说她是病秧子、短命鬼。

西施是在赞美中长大的，何时受过如此委屈，就向父亲哭诉。西施的父亲虽是个种田的老农，对世事的观察却很透彻。他抚摸着女儿的头发疼爱地说，儿呀，如今的世道就这样，官员说官话，专家说鬼话，商贾说假话，明星说胡话，富翁说狂话，穷人说气话。依我看咱就当它是个笑话，该干吗干吗，是非曲直交由后人评说。

（发2014年第五期《杂文月刊》）

邯郸学步新编

路父忍无可忍，厉声询问缘由。少年万不得已，方说出己之身世。路父听罢叹道，儿呀，你这是矫枉过正啊，邯郸学步是不加选择的盲目模仿，现在却是目空一切妄自尊大。

燕国有位少年，此人好学却不专一，故弱冠之龄仍一无所长。

一日，他听街坊议论，邯郸人走路好看，遂瞒着家人，到邯郸拜师去了。

到了邯郸，碰到几个嬉戏的童子。童子蹦蹦跳跳的活泼劲儿，引起少年极大的兴趣。来不及喘口气，少年即悉心仿之。

俄顷，来了个习武的年轻人。少年见年轻人走路铿锵有力，觉得很精神很威武，转而又学起年轻人来。

桃花红 梨花白

傍晚,少年入住客店。刚办好手续,突然来了个官人。官人四十上下,步履沉稳,器宇轩昂,一副成竹在胸的样子。少年恍然大悟,自己做什么都得不到认可,原来是不够成熟啊,遂连夜练起方步来。

翌日,少年迈着方步走出门外,遇一耄耋老者。老者拄杖蹒跚而行,所遇之人,无不向他请安作揖。少年羡慕极了,遂找来一根树枝,仿着老者亦步亦趋。

一女见了,忍不住掩口而笑。少年惶惑,不知所笑何为。女子自觉不妥,忙轻移莲步,慌慌地闪进屋内。女子的婀娜多姿,看得少年心潮澎湃。少年随即扔掉树枝,翘起脚尖,扭着腰肢,模仿起女子走路来。

少年的举动,引起人们的警觉。再遇到时,人们皆喊:此乃歹人,切不可放过。少年大骇,落荒而逃。

匆匆脚步,惊醒路边一犬。那犬以为遭袭,忙腾身一跳,撒开四肢飞奔而去。少年见犬如此灵活、迅捷,竟忘记己之处境,认真地学起犬步来。

苦练数月,少年的犬步已惟妙惟肖。少年大喜,决定回乡展示。谁知乡人见了,皆捧腹大笑。其父亲又气又羞,训斥如不变回来,休进家门一步。少年很委屈,不日竟郁闷而亡。

两千多年后,少年投胎一路姓人家。中年得子,路父欣喜若狂,发誓要将小儿育成天之骄子。然少年特别自负,觉得自己样样好,别人事事不如他。于是求学期间,常因学习态度不好而受训斥。工作后,习性更是叛逆。师傅叫他向东,他偏要向西。师傅让他打狗,他偏要撵鸡。学徒一年,别人顺利出师,他却停滞不前。路父忍无可忍,厉声询问缘由。少年万不得已,方说出己之身世。路父听罢叹道,儿呀,你这是矫枉过正啊,邯郸学步是不加选择盲目模仿,现在却是目空一切妄自尊大。

(发 2014 年 3 月 22 日《大丰日报》)

叶公好龙新传

叶公说:"荒唐,我说的话多了。我说过热爱子民,难不成就要同他们称兄道弟?我说过喜欢稼穑,难不成就真的要去耕种庄稼?我这么说不过是摆个姿态,做个样子而已。"

春秋时期,楚国叶县有位姓沈的县令,大家都叫他叶公。

叶公小时候就喜龙,当官后尤甚。他执掌叶县的第一件事,就是让人在屋脊、房檐、梁柱、门墩、照壁、门窗等凡是能雕刻或堆塑的地方,统统弄上龙的图腾。就连妻儿穿的衣裳,吃饭的锅碗瓢盆,老婆的首饰,儿子的玩具等所有东西,也都雕上、画上或绣上威风凛凛的龙。走进他家,二龙戏珠、龙飞凤舞、龙行水上、青龙飞天等图案或摆设比比皆是,使人恍若进了龙宫一般。

叶公不仅自己好龙,还在民众中大力推介。每年他都要举办几次龙舟赛、舞龙赛、长龙风筝赛,以龙为主题的书画赛、楹联赛、作文赛、故事会等。每次活动,叶公都亲力亲为,周密布置。有时还礼贤下士,担当评委。百姓本爱热闹,成绩好的还有奖赏,于是一有活动皆积极响应,踊跃参与。比赛时,活动场地锣鼓震天,彩旗飘舞,观望者人头攒动,热闹非凡。

桃花红 梨花白

喧嚣的声浪惊动了东海龙王。龙王见叶公对己如此尊重十分感动,决定拜访他一下。

那天,叶公正在午睡。突然"轰"的一声,天气骤变,飞沙走石,风声、雨声、雷声响成一片。叶公刚准备起身关窗,"叶公,我来也。"叶公定睛一看,只见一龙高悬头顶,目光如炬,气喘如牛,龙须都快触到他脸上。"妈呀,妖精来啦!"叶公吓得脸色煞白,浑身颤抖。龙王说:"叶公,别害怕,我是龙王啊,你不是很喜欢我吗?""快走快走,我喜欢的是龙的图形,不是真龙。"叶公一把拉过被子裹到头上。

后来这事不知怎么捅了出去,坊间说什么的都有。尤其是一帮顽童,还编成顺口溜羞辱叶公小儿。小儿听了不知何意,哭哭啼啼回来告状。末了小儿问道:"爹爹,难道你真的如他们所说,全是假话吗?"

叶公说:"荒唐,我说的话多了。我说过热爱子民,难不成就要同他们称兄道弟?我说过喜欢稼穑,难不成就真的要去耕种庄稼?我这么说不过是摆个姿态,做个样子而已。"

"爹爹,这么说,你喜欢龙也是假的?"

叶公说:"那倒未必。我们是龙的传人,龙是我们最大的祖宗。国之首领称真龙天子,帮之头目称龙头老大。我是叶县的父母官,当然就是叶县的一条龙啦。儿呀,龙精神、威武、神通广大,是地位和权力的象征。爹只要往高高的龙案后面一坐,哪个见了不心惊胆战?不顶礼膜拜?至于我搞的龙舟赛啊舞龙赛啊什么的,那是要收报名费的,参赛的服装、道具等一应物件,也必须在我指定的作坊制作。有些人为了名次,还要私下里找我打点打点。儿呀,这都

第二辑 雾里看花，水中望月

是白花花的银子啊。如此既能笼络民心，又能得到实惠的好事，爹为何不去做呢？！"

（发 2014 年 11 期《凯德人》）

朋　友

不久，尘埃落定，陈甲荣升科长，李乙下调基层。

接到任命通知，陈甲兴奋不已。陈甲搂着老婆说，亲，告诉你一个秘密。

还是烟雾缭绕，还是举棋不定，一个科长人选，难住了一班子人。会议开了几次，事儿议了几回，权衡又权衡，比较又比较，结果依然如前：旗鼓相当，伯仲难分。

领导提议，由群众决定吧，群众是真正的英雄。

问题一抛出，英雄也为难。陈甲和李乙是大家看着成长的，一个积极进取，一个努力向上，都是不可多得的人才。大家想了又想，掂了又掂，最后也回到原点：旗鼓相当，伯仲难分。

领导纠结，同事纠结，当事人却不纠结。陈甲对领导说，李乙有学识有胆识，这样的同志不上谁上？李乙对领导说，陈甲有能力有魄力，科长的位子非他莫属。

多高的素质啊，领导感叹。

多好的同志啊，同事赞赏。

为难之时，网上出现两个帖子。一个是表扬信，盛赞李乙高尚美德；一个是批评信，狠批陈甲不正之风。

造谣，谁搞的下三烂？李乙异常愤怒。

没事，权当敲个警钟，陈甲微微一笑。

领导思量开了。

群众议论开了。

是非曲直明摆着：两封信，两个极端，一个夸大其词，一个无中生有。

同情弱者，尤其是遭受冤屈的，是中华民族传统美德。于是舆论起了微妙变化，且迅速蔓延高度一致。

不久，尘埃落定，陈甲荣升科长，李乙下调基层。

接到任命通知，陈甲兴奋不已。陈甲搂着老婆说，亲，告诉你一个秘密。

啥？那东西是你贴的？

哈哈，这叫一石二鸟。

太损了？李乙是你最好的朋友啊。

傻瓜，不这样做，你能当上官太太？

（发2015年第4期《杂文月刊》、2015年4月12日《盐城晚报》）

对　门

机会终于来了，就在各自门口。陈果连忙点头示好，女子却像

第二辑 雾里看花，水中望月

没看见一样，从他面前匆匆闪过，只留一缕淡淡余香。

天气正热的时候，陈果有了自己的家。

家是精装修，拎包就能住。

新锅新灶，鱼肉跳跳。乔迁那天，陈果亲自下厨。

做菜的当儿，陈果不时跑出去，敲敲对门，听听声响，希望与人分享快乐，可是对门一直沉默着。

没有朋友助阵，喜宴都吃不出喜庆来。陈果摇摇头，放在老家，不定热闹成啥样子。

之后，陈果出了一趟差，回来发现，对门有了烟火气，欣喜之下，当即就想拜访。老婆阻拦，也不看看啥时候。

终于看到对门了，是个知性女子。

女子莞尔一笑，很优雅的样子。陈果正对着手机与人争辩，待欲回礼，女子已飘然而去。陈果连忙追到楼下，哪里还有女子身影？

来而不往非礼也。陈果很是不安，时刻都想弥补。偏偏两口子在酒店工作，每日下班，都已月上中天。

机会终于来了，就在各自门口。陈果连忙点头示好，女子却像没看见一样，从他面前匆匆闪过，只留一缕淡淡余香。

陈果急了，当夜下班，就想赔个不是。老婆说，这个时候，不妥吧？

陈果只得闷闷而睡。可是床上像是着了火，烤得他浑身燥热。老婆一摸，呀，你发烧了，我买药去。

还是到对门看看吧，这大半夜的。

算啦，又不认识人家。

也是，邻居半年，除了见过女主人两次，男主人姓甚名谁一概

桃花红 梨花白

不知，这邻居处得，陈果长叹一声，心里哇凉哇凉。

不久，陈果参加同学聚会。

一进宴会厅，就有人叫道，陈果，你小子在哪发财？

陈果抬头一看，牛放，上下床四年的铁杆兄弟。

沪城，你在哪工作？

我也在那里。

住哪儿？

金润华府15号楼806。

什么？对门是你？

怎么？你是对门？

（发2015年3月29日《昆山日报》）

第三辑　岁月如歌，
　　　　拨动着心底的弦

　　看鲁迅的文，没有不记得那个细脚伶仃的圆规的。我们身边，更多这样特征鲜明的人，近的有麻三、嫂子、治保主任、贫协主席等，远的如叶苹香、张士英、朱恕等。我呢？我就是那个手背在身后，在村子里四处转悠，得空就拿张小板凳坐在村口给人画像的秀才。您这会儿看到的，就是一张张画像。

治保主任

　　任职几十年来，姚五凭着自己的真诚和耐心，化解了一个又一个的矛盾，守住了一方的平安，被村人誉为"咱们村的包青天"。现在，"包青天"即将挂甲离任，风风雨雨一辈子，闲下来是个什么滋味？姚五还真想不出来。

桃花红 梨花白

八月的斗龙，热得人心烦意乱。

姚五呼扇着芭蕉扇，躺在门堂里的竹椅子上，被此起彼伏的蝉鸣吵得没有半点睡意。他呼地坐起来，抓过一顶旧凉帽，朝里屋喊了声哎，我去中贵家看看。

晚一点去死人啊？这大中午的，就你傻乎乎地往外奔。姚五话音刚落，老伴就絮叨起来。姚五不再搭腔，套上凉拖鞋，抬腿跨进炎热中。

姚五一头大汗地出现在中贵家时，中贵正和一个年轻人"如胶似漆"地缠在一起。

乖乖，不简单，想不到中贵你小子还有这一手，赶明儿乡里开运动会，一定推举你去摔跤，姚五拍着巴掌说。

两个年轻人吓了一跳，缠在一起的躯体随之散开。

姚主任，你怎么来了？中贵有点惊愕，因为姚五说好下晚才来解决问题的。

不来行吗，你让我消停吗？

这……中贵低下了头。

原来，中贵因为连遭不测，心里不痛快，做什么事都提不起劲，对养父的照顾也就潦草了点。姑妈见中贵忽视了自己的哥哥，心里老大不高兴，就跑过来讨要说法。气头上没好话。姑妈不分青红皂白的一顿训斥，让原本还有点歉意的中贵犯了浑。姑妈见中贵竟敢顶撞自己，一怒之下住进他的房间，谁劝都不出来。没办法，中贵只好硬着头皮去找表哥协商。中贵还未出门，得到消息的表哥抢先赶了过来。两个人都是暴脾气，三句话不投动了手。

了解情况后，姚五板着脸对中贵说，这就是你不对了，当年如

第三辑 岁月如歌，拨动着心底的弦

果不是老爹把你从狗嘴里抢回来，恐怕你的骨头都要葬身狗腹。老爹拉扯你不容易，你长大成人凝聚着老爹真诚的母爱，你成家立业倾注了老爹一生的心血，尊老爱幼是我们的传统美德，人要常怀一颗感恩的心才对，你怎么能因为自己的一点挫折就怠慢老人呢？随后姚五又对姑妈说，老姐姐啊，中贵是我们看着长大的，这孩子本质不坏，平时也蛮孝顺的，只是现在遇到点困难，老婆遭遇车祸，治疗费又不慎丢失，他也是一时急火烧心啊，咱们做长辈的，也要对晚辈宽容一些才是。一席话有理有节，剑拔弩张的局面终于化解。

回程路上，姚五接到一个电话，是村支书打来的，让他务必记着晚上准时赴宴。姚五知道，这是"滚蛋酒"。喝了这顿酒，自己就不再是治保主任了。

家里，老伴像是迎接贵客似的早已打开空调，一钵子绿豆汤也被冰得凉凉的。老伴见姚五浑身上下湿漉漉的，心疼得差点掉眼泪。姚五笑道我没那么娇贵，从现在起我就可以兑现承诺好好陪你啦。老伴不相信。姚五说是真的，一会儿我还要去喝滚蛋酒呢。老伴笑道这下好了，终于熬出头了。

姚五上任时还是大寨式记工，工分补助不够一个人半年口粮。要想喂饱自己养活家人，必须同村民一样出勤，治保主任工作只能在晚上做。那时姚五新婚不久，夫妻两个正是难舍难分的时候。姚五时常把新娘子一个人丢在家中，有时甚至夜不归宿，新娘子岂能没有意见。姚五就指天发誓，退下来后好好补偿。

治保主任说白了就是调解员，婆媳矛盾、邻里纠纷、夫妻吵嘴、兄弟反目等等都是管理范畴。如果碰到天灾人祸或是治安案件什么的，治保主任更是冲锋在前。姚五所居的村子下辖六个组，一千多户人家，五千多号人。俗话说，吃饭还有上嘴唇碰下嘴唇的时候，何况这么大一个村子。

一次，姚五刚准备送儿子上医院，满仓慌慌张张地跑来，说恒强又在发飙了。看着怀中小脸烧得通红的儿子，姚五为难了。但想到恒强发疯时的可怕情形，立刻把儿子交给妻子，心急火燎地赶了过去。

恒强高考失利后，精神就渐渐地不正常起来。半年前，他还把一位70多岁的老人捆起来，用树枝条狠命地抽。父母去搭救，也被他用刀扎伤。要命的是他还经常夜里不睡觉，跟踪单独行走的女人，吓得村人提心吊胆，女人都不敢独自出门。姚五赶到时，恒强已被几个男人制服。姚五便拿出准备给儿子看病的钱，同他的家人一起把恒强送进精神病院。

安顿好恒强后，姚五才记起儿子的事。赶回家一看，铁将军把门，儿子还在医院挂盐水。那晚，姚五破例没有出门，殷勤地围着家人做这做那，直至儿子呼吸平缓，老婆脸上有了暖色，才仿着戏台上的古人，抱起拳头朝老婆施了个礼：娘子辛苦了，为夫这厢有礼。老婆忍住笑，点着他的额头骂道：你啊，一点没个当家的样子，家就是你的饭店和旅社，饿了困了才记得回来。

得到"赦免"的姚五，又想起恒强来。考虑到恒强基本丧失劳力，就去乡里积极争取，帮恒强办理了低保手续。恒强出院时，还特地喊了辆出租车去接。之后一有时间，姚五就登门看望，同恒强拉拉家常，讲讲外面的新鲜事。在姚五的"润物细无声"中，恒强的心结终于慢慢打开。

任职几十年来，姚五凭着自己的真诚和耐心，化解了一个又一个的矛盾，守住了一方的平安，被村人誉为"咱们村的包青天"。现在，"包青天"即将挂甲离任，风风雨雨一辈子，闲下来是个什么滋味？姚五还真想不出来。

姚主任，刘超两口子又打起来了，蔡四的大嗓门打断了姚五的沉思。

是吗？我这就去。姚五精神一振，抓起凉帽就往外奔。

哎哎，你又上哪去啊？你已不是干部了，还管什么闲事啊，老伴追出来喊道。

这酒不是还没喝吗，有事情我还得管！姚五言之凿凿，脚步匆匆。

（此作发2014年第二期《楚风》、2015年第四期《鹿乡文艺》）

贫协主席

雪，越下越大。漫天的雪花，像缝衣针似的把天地缝到了一起。跋涉在没膝深的雪中，每走一步都很吃劲。到了新建村村口，罗老根已成了个雪人。此时的小方，五花大绑一脸凄惶，被几个人押解着正往派出所送。

本人姓罗，叫罗老根，斗龙大队贫协主席。

这是四十五年前的罗老根，每遇公开场合或特别时候的自我介绍。

"贫协主席"是个什么官？现在的年轻人恐怕有所不知。打个比方，好比工会主席代表工人阶级，妇联主席代表妇女群众一样，

桃花红 梨花白

贫协主席也代表着一个团体。这个带着阶级属性的职务，在"文革"中可是个不可或缺的角色。因此罗老根的自我介绍，在那个年代是很管用的。

比如那年暮秋的一天，寒风正使劲地发着淫威，抽打着仅存的一点绿色，整个天地灰蒙蒙的，没有了往日的活力和繁茂。罗老根的心也灰蒙蒙的，他刚参加完一位先辈的葬礼，情绪还未调整过来。远远看见几个戴红箍箍的，练拳脚似的正把一个戴高帽子的推来搡去。罗老根紧跑几步近前一看，是本村的老支书。放手，你们是哪儿来的？罗老根双拳紧握怒目圆瞪。

哪儿来的？没长眼睛啊？我们是县中的红卫兵。

你们不在学校好好读书，跑到这儿撒什么野？

你是谁啊？竟敢阻拦我们的革命行动。

我姓罗，叫罗老根，是这儿的贫协主席。

嘻嘻，贫协主席有啥了不起，贫协主席总不能不革命吧。

有啥了不起？哈哈小子，你们给我听着，贫协主席是贫下中农选出来的，是代表贫下中农说话办事的。现在城市是工人阶级领导一切，农村是贫下中农领导一切，毛主席号召知识青年上山下乡，接受贫下中农再教育，你们是不是知识青年？你们要不要接受教育？你们知道这位老支书吗？他抗日战争扛过枪，解放战争渡过江，抗美援朝负过伤，没有他们的流血牺牲，哪有你们的幸福生活？饮水思源才能不忘根本，可是你们连这样的前辈都不放过，你们还是人吗？毛主席让你们当三好学生，你们有哪一好做到了？毛主席要你们复课闹革命，你们却到处疯跑，你们连毛主席的话都不听，还自称革命小将，我都替你们臊得慌。

第三辑　岁月如歌，拨动着心底的弦

罗老根的一番话，说得那些学生哑口无言。事后有人惊呼，罗老根小学没毕业，什么时候练出如此口才。罗老根笑笑，时势造英雄，逼出来的。

还是那年的一个冬日，鹅毛大雪下个不停，整个大地银装素裹。这样的天气是不用出工的，罗老根很想赖赖床，把围海造田透支的体力补回来。谁知天还没亮，门就被老方拍得山响。

老方是个下放户，妻子常年生病，两个儿女都在上学，一家人只有半个劳动力，这样的家庭别说营养了，有时连饭都吃不上。看到母亲一天天衰弱下去，儿子万般无奈，竟也干起"顺手牵羊"的勾当来。那时知青偷鸡摸狗是很普遍的现象，为了以儆效尤，偷盗者一旦被发现，轻则批评教育，重则游街批斗，有的甚至还要判刑。小方运气不好，刚出手就被逮个正着。罗老根深知情况严重，早饭没吃就出了门。

雪，越下越大。漫天的雪花，像缝衣针似的把天地缝到了一起。跋涉在没膝深的雪中，每走一步都很吃劲。到了新建村村口，罗老根已成了个雪人。此时的小方，五花大绑一脸凄惶，被几个人押解着正往派出所送。

乡亲们，请你们先等等，我想向你们汇报一下情况。我姓罗，叫罗老根，斗龙大队贫协主席。

哦，罗主席啊，有事吗？

这孩子是我们大队的，他家是下放户，母亲有严重的结核病，由于营养跟不上，已经瘦得不成人形。他家劳力少，挣的工分不够买口粮，也没有亲戚可以帮助，他是心疼母亲才犯的错。百善孝为先，大家能不能看在他的孝心上饶他一次？他还小，如果进派出所一辈子就完了。大家如果信得过就把他交给我，我一定严加管教，让他

桃花红 梨花白

认识错误痛改前非。

原来是这样啊，行，人心都是肉长的，谁还没个困难的时候。

罗老根的特殊身份和古道热肠，为很多人解了难，也让村里的"牛鬼蛇神"少受很多罪。信息反馈到造反派头目耳中，那人认定罗老根是阶级异己分子，想把他从革命队伍中清理出去。可是细细一查，罗老根三代赤贫，父亲还是个革命烈士，家里除了罗老根一人当官外，其余都是地地道道的农民，社会关系也像个蛋白似的，清白得没有一点皱褶和斑点。造反派头目失望至极，罗老根越发我行我素。

文革结束了，"贫协主席"也跟着成为一段历史。领导征求罗老根意见，想让他继续担任村干。罗老根说不啦，那个时候是形势所迫，有"贫协主席"打掩护，多少能帮大家办点事。现在太平了，就没必要再占着位子了。

如今，罗老根虽然已是一介布衣，但是村人有什么喜事总喜欢同他分享，有什么想不开的也喜欢找他倾诉。罗老根很满足这种现状，他说咱们一个庄子住着是缘分，能处到一块儿是幸运。一个篱笆三根桩，一个好汉三个帮，咱们只有相互帮衬，日子才能越过越红火。

说完罗老根照例会笑一笑，那笑容就像五月的阳光，温暖、干净。

（发2014年4月《北京精短文学》）

六 爷

有人观赏，六爷干得更欢。只见他一手拉着风箱，一手拿着铲子。随着风箱的抽动，火苗很快兴奋起来，锅中的锡块也不甘示弱，

第三辑　岁月如歌，拨动着心底的弦

争相吐起泡泡。六爷稳稳地控制着火候，时不时地还翻动一下锡块。

六爷是个锡匠。那时候，乡里人特别钟爱锡器。因为锡器不易氧化，有"盛水水清甜、温酒酒甘醇、贮茶色不变、插花花长久"的特性，因此在相当一段时间，六爷就像个香饽饽似的很受欢迎。

六爷外出做活的时候，总是挑着一副担子。担子一头挂着个小铃铛，每走一步，铃铛就会发出叮叮当当的响声。需要做锡器的人家，听到响声就会迎出来。大部分时间，六爷是无须出门的，乡亲们送的活儿，常常让他应接不暇。

干活的时候，六爷喜欢在门前的敞篷下摆开阵势。敞篷用竹竿搭成，上面铺着油毡和茅草，晴天能遮阳，阴天能挡雨。只要叮叮当当的响声一起，人们就会围过来，其中大多是我们还未上学的娃娃。

有人观赏，六爷干得更欢。只见他一手拉着风箱，一手拿着铲子。随着风箱的抽动，火苗很快兴奋起来，锅中的锡块也不甘示弱，争相吐起泡泡。六爷稳稳地控制着火候，时不时的还翻动一下锡块。

不大一会，锡块慢慢熔化成水银般的液体，空气中到处弥漫着绵软的金属味道。这时候，六爷通常会站起身来甩甩手臂，似乎要把疲劳甩掉一般。然后把两块二尺见方、一面裱着表芯纸的方砖打开，在表芯纸上放上一条湿润的细软棉线。接着，六爷把坩埚端起来，吹掉锡水上的灰尘和杂质，然后对准线头间的空隙，小心翼翼地倒进去。只听"嗤"的一声，方砖缝里窜起一股淡淡的青烟，吓得我们"哇哇"怪叫。等我们睁开眼时，一块锃亮的锡板已然做成。

接下来的程序更有趣了。六爷会根据客人的要求，或制茶壶，或做酒器。制作时，马六爷既不用圆规，也不用表尺，只用剪刀在

127

桃花红 梨花白

锡片上比比画画，所需形状就划出来了。六爷用剪子剪下那些稀奇古怪的形状，然后用工具敲打焊接。也就个把钟头的样子，一个玲珑可爱的锡器已呈现在我们面前。

"砍资本主义尾巴"那阵，六爷被召回生产队里。队长知道他从小学习手艺，农活不太精通，就让他看管仓库。那时，库房里的粮堆每晚都会在干部的监视下盖上大印，第二天再公开查验。大印一般由队长或会计保管，看库房的是接触不到的。六爷上任没几天，粮食就遭到扒窃。面对众人质询，六爷也不推脱，痛痛快快承认下来。这下不得了，在说句错话都能掉脑袋的年代，这可是挖社会主义墙脚的大罪。于是六爷被请进了牛棚，每天挂着个牌子，同"五类分子"一起接受管制。

六爷犯事后，人气指数急速下滑，只有徐向阳不离不弃，仍然人前人后地围着转。大家都很奇怪，徐向阳是插队知青，革命意志比谁都坚定，这回怎么犯起混来。不久，谜底揭开了。一次批斗会上，正当造反派们欲对六爷采取更严厉的惩罚时，徐向阳发疯似地窜上来，一边护着六爷，一边大声喊道，放开他，偷粮食的是我，他是个好人。六爷此时已鼻青脸肿，仍瞪着眼睛吼道，走开，这又不是请客吃饭，值得你来争抢！事后，当人们问他为何代人受过时，六爷说，向阳还是个孩子，也是饿得没法子，如果背上盗窃的罪名，一辈子不就毁了。

有一段时间，我曾跟六爷学过手艺。那时我刚读完高中，父亲看我身子瘦弱，舍不得让我参加劳动。父亲说，家有千金万金，不如一技在身，六爷人品手艺都很好，跟着他不会错。

学徒第一天，六爷就对我说，打锡要有一颗玲珑的心。从炼锡

▶ 第三辑 岁月如歌，拨动着心底的弦

到成品需要20多道工序，每道工序都很重要。比如说打酒壶，先要裁好酒壶形状，有了形状还要掌握好尺寸比例，否则就会"牛唇不对马嘴"。说到这里，六爷顺手拿起桌上的茶壶，指着壶嘴说，给茶壶焊"嘴"是最后一道工序，叫"吹焊"，接口必须点滴不漏才行。停了一会六爷又说，娃啊，不是我卖弄，"吹焊"可是锡匠的看家本领哩，是传男不传女的绝活，你是个文化人，我看重你，只要你愿意，我就传给你。

六爷的话说得我暖融融的，我立马表态，六爷，您放心，我会好好学的。

当然，我最终没能成为锡匠。因为半个月后，国家恢复了高考制度，望子成龙的父亲，又将我送上高考考场。再后来，随着高科技的发展，锡器的鼎盛已经不再，加之分田到户，家里一下子多出十几亩田，六爷只好收起家伙，把精力全部用在责任田上。

前些天，我回老家探亲。当我行走在斗龙街上时，久违的敲打声时断时续地传进耳里。循着声音，我找到了锡器摊。摊位设在理发店门口，一位老师傅坐在冒着热气的锡壶面前，专心致志地敲打着锡板。旁边的柜台上，摆着簇新的酒壶、香炉、烛台。

听到动静，老师傅抬起头来。

六爷，是您？！我激动得叫起来。

娃儿，回来啦。六爷随即也认出了我，并颤巍巍地站起来忙着让坐。我连忙扶住他说，六爷，我坐了一天的车，屁股生疼生疼的，正想活动一下呢，您坐吧。

随后，我们师徒俩一个坐着一个蹲着，亲热地交谈起来。当我问及他何时重操旧业时，六爷说，你不知道，这几年村里变化可大了，土地征用了，我们也像城里人一样住上了楼房。年轻人进厂当工人，老年人就在家吃吃玩玩打打麻将，日子快活着哩。不过话又说回来，农民没了土地，心里总觉得不踏实。劳碌惯了的人，太清闲是会害病的。我还有个手艺打打岔，老吴头老孙头他们就惨了，整天没着没落的，人眼见着往下老，哎，也许是我们太老了，跟不上形势了。

我一时语塞，不知该为六爷的复出高兴，还是为他的失落难过。

（发2013年7月《天池小小说》）

麻 三

听罢女人哭诉，麻三长长地舒了口气，然后毫不犹豫地对女人说，我们现在就去看望老人，然后再去自首，不管多大的事儿，我都同你一起扛着。

磨剪子嘞——锵菜刀！

每天清晨，麻三的第一声吆喝，总是与斗龙中学实验楼上的自鸣钟同时响起，几十年来，丝毫不差。于是有孩子上学的人家就催促，快快快，六点钟了，再不起来就迟到了。与此同时，小街两侧的店铺也"吱儿吱儿"纷纷开启，好像麻三是来叫早的。

麻三很得意这种状况，吆喝声就越发响亮。走到杀猪匠王大头的肉铺子前，他才歇口。

王大头是他的第一个主顾，每天天不亮，王大头就会把头一天用钝的刀子斧子放在卖猪肉的案板上，等着麻三来磨。

▶ 第三辑 岁月如歌，拨动着心底的弦

　　麻三放下板凳，先伸一个大大的懒腰，似乎为即将开始的劳作热身运动。接着腿子一抬，稳稳地骑上他那特制的长板凳。然后拿起刀子或斧头，把它固定在木凳前端的钢圈里，用戗子轻轻铲去表面的污迹或锈迹，把卷起的刀面修整一下，然后换上砂石，同样固定在钢圈里，接着一手握刀柄，一手扶刀背，在磨刀石上"哧哧"地磨。时不时地，麻三会腾出一只手，在磨刀石上洒点水，再顺便看一看刀锋，或者调整一下姿势。渐渐地，刀刃在他手中变得雪亮雪亮的，而他的脑门上，也是汗珠闪烁。

　　完工后，麻三会用手轻轻触摸一下刀刃，检测是否锋利。然后抽出座位下的抹布，把刀擦干净，并在一沓碎布上"咔嚓咔嚓"地试割几下。待把所有的刀斧打磨锋利，王大头的肉铺生意也该开始了。王大头一边说着"辛苦辛苦"，一边递过早就备好的沾满油污的票子。麻三接过看都不看，立即塞进胸前的衣兜里。

　　接下来，麻三会去汪裁缝家。汪裁缝的几把张小泉剪刀，担负着十几个缝纫师傅的裁剪任务，一天用下来，刀口卷的卷豁的豁，不打磨打磨没法用，于是麻三就成了汪裁缝的常客。

　　从汪裁缝家出来，就该去荣海饭店了。

　　荣海饭店的刀具原来都是自己打磨的，财大气粗后，荣老板就把这类活儿交给了麻三。用荣老板自己的话说，有财大家发，有饭大家吃。

　　有了这三个雷打不动的主顾，麻三一天的吃喝就全有了。接下来是继续寻觅活儿，还有看看热闹什么的，全凭麻三高兴。

　　麻三并不姓麻，因为出过天花，脸上坑坑洼洼的，又是排行老三，故被人称做麻三。

桃花红 梨花白

小时候，麻三有个娃娃亲。麻三变成麻子后，女方就毁了约。后来陈媒婆帮他牵过几次线，都是高不成低不就的。三拖两拖的，麻三就"奔了三"。

如今，爹娘都已作古，两个哥哥另立门户搬了出去，祖屋只剩下麻三光杆一个。

没有了爹娘的管束，麻三越发自在起来，该吃吃，该睡睡，该做做，该玩玩，一切全是自己做主。

一日，麻三坐在饼店门口咬烧饼，对面一个蓬头垢面的女人，两眼聚光灯般紧紧盯着他的烧饼看。麻三心一软，就递给她一个。女人也不客气，接过烧饼三口两口吞了下去。麻三见女人饿得厉害，就又买了几个。女人只朝麻三作了个揖，随即又是风卷残云。

饼店老板见了，就对麻三说，麻三啊，这女人虽说邋遢了些，身子骨还算硬朗，不如好事做到底，你就把她收下吧。

开玩笑，这怎么可能？麻三连连摆手。

不成想，麻三起身后，女人竟跟了上来。

麻三以为女人缺钱花，就掏出一天的收入。谁知女人不接受，仍然一步不落地跟着。

麻三想，兴许女人没处落脚，想借宿一晚吧，罢罢罢，自己是个男人，只要自己不动歪心事，就没有纰漏出。于是麻三烧了一大锅水，找出老娘留下的衣衫，然后走了出去。

当麻三返回后，眼珠子就瞪得差点掉下来。洗浴过的女人细皮嫩肉的，俊俏得斗龙街上找不出第二个。一股从未有过的感觉汹涌而来，冲得麻三不能自已。麻三狠狠地揪了自己一下，欲望的潮水才慢慢退去。

▶ 第三辑　岁月如歌，拨动着心底的弦

　　麻三把房间让给女人，自己在明间打了个地铺。夜里，麻三做了个梦，梦见自己当上了新郎，新娘就是那个投宿的女人。麻三兴奋极了，这一兴奋就醒了过来。醒过来的麻三更加兴奋了，原来女人不知什么时候已钻入他的怀中。

　　麻三成为真正的男人后，觉得应该好好操办一下，一是让女人风风光光当回新娘，二是让过世的父母高兴高兴。女人却提出不拍照，不办酒席，不拿结婚证，也不通知亲友。麻三以为女人是为自己着想，就更加宝贝她了。

　　从此，麻三像变了个人，精精神神整整齐齐的，干起活来也更加卖力，更加能吃苦。

　　女人在家也不闲着，缝缝补补扫扫抹抹的，把个家营造得像个大磁场，时时刻刻吸引着麻三的心。

　　一年后，女人给麻三生了个大胖小子，羡慕得街坊连连感叹，痴人有痴福，痴人有痴福啊！

　　日历很快翻到了千禧年。这时候麻三已住上了楼房，孩子也进了大学。一天，女人窝在沙发里看电视，看着看着突然哭了起来。

　　原来女人的弟弟患上白血病，女人的父亲就把她许配给一个窑厂老板，企图用她的彩礼挽回儿子生命。谁知那个老板在玩腻了她之后，竟想把她当作礼物送给一个权威人士。女人不肯，男人就拳脚交加苦苦相逼。女人愤怒不过，趁男人沉沉睡去时，一剪刀结果了他。

　　逃亡途上，女人风餐露宿，遇到麻三时，已饿得前心贴后背。麻三的仁慈，让女人感到了温暖，感到了依靠，于是女人主动投怀送抱，同麻三结下秦晋之好。

婚后，女人怕暴露身份，一直不敢抛头露面。直至看了电视节目，才知道窑老板没有死，他曾派人四处寻找她，后来看到她的一双鞋子弃在河边，以为她寻了短见，这才罢了手。

女人的彩礼没有留住弟弟。现在，女人的父亲行将就木，唯一愧疚的就是对不起女儿。

听罢女人哭诉，麻三长长地舒了口气，然后毫不犹豫地对女人说，我们现在就去看望老人，然后再去自首，不管多大的事儿，我都同你一起扛着。

第二天一早，麻三两口子就启了程。

（发2012年第2期《短小说》）

借　粮

小华的哭声惊心动魄地传来。推开虚掩的门，小华被绑在柱子上，脚边还有一根断了的树枝。原来，小华趁家中没人，偷偷取下吊在梁上的竹篮，想尝一尝他妈为他爸准备的面饼。谁知越吃嘴越馋，不知不觉竟将面饼全部吃完。

"我这一走，你们怎么……"父亲的话没有说完，就又晕厥过去。

"爸爸，爸爸。"我们哭叫起来。

可是我们的哭叫没能留住父亲，父亲在同病魔抗争了四个多月后，还是去了一个不该去的地方。

父亲的眼睛瞪得大大的。乡亲们说，他是担忧四个还未成人的

第三辑　岁月如歌，拨动着心底的弦

孩子，担忧一夜愁白头发的妻子，担忧看病拉下的几百元债务。

　　父亲的担忧，在他入土不久就凸显出来。先是债主陆续上门，接着就是粮食饥荒。债主倒没怎么为难我们，看到我们凄凄惨惨悲悲切切的样子，不是陪着流眼泪，就是说些宽慰的话，还钱的事一字不提。倒是饥饿，像个疯狂的恶魔，时时啃噬着我们。

　　为了料理父亲的丧事，大伯从生产队预支了一担玉米。这担玉米对于我家来说，可是个天大的亏空。因为劳力少，我家的口粮原本就不够，现在更是雪上加霜了。于是那段日子，我们家的餐桌上常常是野菜糊糊，或者是野菜窝窝头，米饭一个月都吃不上一顿，更别说什么小菜了。这样的饭菜，我们大一些的孩子还能将就，两岁的小妹就不行了，看到就哭闹，怎么哄都不肯吃。母亲有时也为小妹开点小灶，不过很有限，因为我们都是长身体的孩子，母亲说，不能为了小妹连累大家。终于，小妹饿得连路都走不动了。看着奄奄一息的小妹，母亲只得让我再去借点面粉。

　　走近大姑家，老远就嗅到好闻的饭菜味。进去一看，大麦仁子饭，青菜豆腐汤。这样的饭菜，现在的孩子连看都不看。可在那个时候我的眼中，却是比山珍海味还要美的。

　　"二子，吃饭没？"大姑问道。

　　"吃过了。"好闻的菜香，使得我越发饥饿难忍。可是鬼使神差，我竟说出这种情不由衷的话。

　　"有事吗？"大姑接着问。

　　"她是来和我一起做作业的，是吧二子？等一下啊，我马上吃好。"大姑的儿子小刚说。

　　我本来就害怕借东西，小刚这一说，我就更开不了口。我和小

135

桃花红 梨花白

刚同班同桌。平时我们总是一起上学，一起做作业，一起挖猪菜，因此小刚的话没人不信。不过我没有等下去，我的肚子咕咕直叫，口水早已汹涌澎湃，我怕一不小心让人发现，美味没尝到，倒落个嘴馋的话柄。

我朝大伯家走去。远远地，小华的哭声惊心动魄地传来。推开虚掩的门，小华被绑在柱子上，脚边还有一根断了的树枝。原来，小华趁家中没人，偷偷取下吊在梁上的竹篮，想尝一尝他妈为他爸准备的面饼。谁知越吃嘴越馋，不知不觉竟将面饼全部吃完。大伯是个铁匠，肚子吃不饱如何抡得动铁锤？大妈气坏了，二话不说动起武来。

这种情况，别说大妈不在家，即使在家，如何开得了口？

舅舅是我最后的希望了。此刻，舅舅一家也在吃饭，照得见人脸的稀汤里，飘着几根黄黄的菜叶。舅舅的情况比我家好不了多少，舅妈常年生病，三个娃儿上学，家庭重担全在舅舅肩上。生活的艰辛，使得舅舅过早衰老下去，四十五岁的人，看起来倒像六十多岁。

我又把二蛋、狗崽、菜花、小泉等玩得好的几个小伙伴一一过滤了一下，觉得情况比我家好不到哪儿去，都没有多余的粮食。

"二子，你小妹死了，还不快回去！"正当我像个没头苍蝇四处乱转时，崔大妈的喊声惊醒了我。

像父亲去世时那样，家里聚满了人，乡亲们有的在劝母亲，有的在帮小妹换衣服。见到我，母亲像抓到了救命稻草似的，急急地朝我伸出手："快把面粉拿来，我给小妹做面糊糊去。"我哇的一声哭起来。在场的乡亲们也都哭起来。那天是一九六三年端午节，一个全家团圆的日子。

第三辑　岁月如歌，拨动着心底的弦

埋葬好小妹，母亲大病一场，此后就落下了心绞痛。

（发2014年7月12日《大丰日报》）

嫂　子

一年后，我嫂生下个大胖小子。我们正在高兴着，外边又传来喜讯，我姐夫吴瘸子也当上了爸，并且也是儿子！这下不得了，村里人的嘴，全都惊成了大窟窿。尤其是那些没抱上孙子的，羡慕得口水差点流出来。

我嫂是我姐换来的。

刚到我家时，我嫂才十八岁，瘦瘦小小的，像颗豆芽菜。我哥可不管，如狼似虎的年纪，早等不及了。第二天，我嫂两眼红红的。

我姐也不乐观，离家才两天，脸就瘦了一圈。当地风俗，新嫁娘回门不过夜。我姐夫吴瘸子占着理，午饭碗一推就催我姐回去。我姐抱着我妈嘤嘤直哭，我妈能有啥法？

我嫂有没有向她妈哭诉我不知道，只知道我妈打发我去路口张望了好几次，才在月上树梢的时候，看到我嫂被我哥拽了回来。

结婚第五天，我哥就把我嫂带到砖瓦厂。我哥是砖瓦厂的码窑工，婚假只有一星期。我嫂比我哥小八岁，人长得又漂亮。我哥自知之明，鲜花插在牛粪上，不看紧不行。

砖瓦厂没轻松活儿，我嫂只能做砖坯。那时还没用上机器，砖坯全靠手工做。百十斤的泥，搬上搬下掼来掼去的，哪是女人干的？

桃花红 梨花白

我嫂为了省力气，常常用脚和大泥，赤光脚到泥里来回踩，弄得泥一身汗一身的。我哥心疼我嫂，一有时间就溜过来，换我嫂直直腰喘喘气。我妈更是舍不得，家务活不让我嫂碰一点，好吃的全往我嫂碗里搛。我嫂微微一笑，随即把菜拨进我哥和我的碗里。

一年后，我嫂生下个大胖小子。我们正在高兴着，外边又传来喜讯，我姐夫吴瘸子也当上了爸，并且也是儿子！这下不得了，村里人的嘴，全都惊成了大窟窿。尤其是那些没抱上孙子的，羡慕得口水差点流出来。

原以为尘埃落定，万事大吉了。谁知一年后，吴瘸子骂上门来，吵嚷着要带走我嫂。这怎么可能？除非日出西方，江水倒流！我们背地里发着狠，当面却是孙子一般。换亲那会，我姐已谈了对象，开始也不同意，可是备不住我爸妈求，我哥哥求，才勉强答应。如今生了儿子，完成了任务，觉得应该为自己活一回了，就和原先的对象私奔了。况且那个对象，等了我姐整两年。

为了安抚吴瘸子，我爸拍心坎子保证，一定把人找回来。我爸确实这么做了，不仅自己去找，还发动亲友一起去找。不过大家都明白，能找到还叫"私奔"吗？

吴瘸子见找不回人来，竟然又想拿妹妹去换亲。这次我嫂子站了出来。我嫂子说趁早死了这份心，我不是商品，随你换来换去的，你不要脸我还要皮呐。

什么要脸要皮的？是他家毁的约，你胳膊肘子怎么往外弯？

你倒是没往外弯，可是你想到过我吗？我已不是过去的我了，我是个母亲，只要有口气，谁也别想让我的孩子没有娘！

你，你，你……吴瘸子丢下几个"你"，气急败坏地走了。

第三辑　岁月如歌，拨动着心底的弦

那晚，我妈整了一桌子菜，我爸也破天荒地朝我嫂举起了酒杯。可是我嫂就像两年前刚来时那样，木木的、闷闷的，谁招呼她，就朝谁牵一下嘴角，笑得比哭都难看。

不行，得帮咱哥再找个人！我哥突然激动起来。

找人？你发烧吧？我摸我哥的脑门。

拿开，三只腿的蛤蟆难找，两条腿的人多的是！我哥朝我吼道。

朝我凶啥？又不关我事！话一出口，我愣住了。我帮我姐他们传过几次信，莫不是？我怯怯地望向嫂子，恨不能变成个女的，替我姐履行承诺去。

第二天一早，我嫂就回了娘家。我们的心全悬了起来，尤其我哥，黑着一张马吊脸，见鸡撵鸡，见狗打狗，好像谁都欠他似的。正闹着，我嫂回来了，抱着她的侄子我的外甥。我们立刻欢腾起来，尤其我哥，涎着脸粘着我嫂问这问那，好像分别了几年似的。

吃中饭时，我哥对我嫂说，下午别去砖瓦厂了，以后也不去了，就在家带孩子。停了一会，我哥又对我妈说，妈，您也帮着照看点，两个孩子，她一人顾不过来，地里的活您就别管了，包我身上。

我呢，我呢，我连忙自告奋勇。

没你的事，你的任务是读书。我哥大包大揽，前所未有的宽容。

说来也怪，没多久，我哥真的帮吴瘸子物色到个人。那人只有一只手，另一只手被脱粒机吃了，模样生得周正，还是个没出阁的大姑娘呢。

办喜事那天，我嫂里里外外忙得最欢。我哥也像个总指挥似的，支使着人干这干那。我爸我妈呢，嗨，早笑得合不拢嘴。

（发2015年10月《金山》、2016年第6期《微型小说选刊》转发）

右 派

　　二狗在篓子里拨来拨去,像找金豆子似的,急得后面一连串催促。二狗没有理会,又拨拉了好一会,才从下面掏出一个纸团。二狗颤抖着打开纸团,众人也把脖子伸过去。中啦,中啦!二狗突然大叫起来。

　　太阳落山时,福海才露面。夕阳的余晖,把福海的影子拉得长长的,使得他的脚步,越发的拖拖沓沓。

　　守在村口的银生,急急地迎上前去,福海伯,您回来了?

　　嗯。

　　批了没?

　　没。

　　没?

　　嗯。

　　怎么会这样?银生立时委顿下去,像一个泄了气的皮球。

　　一豆油灯,有气无力地闪烁着。五六杆烟枪,营造出呛人的氛围。福海吸完最后一口烟,才慢腾腾地说,事儿大家已明白,上面不同意,非得让咱们报一个,看来赖是赖不过去了,大家还得拿个主张。

　　有啥主张?该镇压的早镇压了,民兵队长气呼呼地说。

　　早知今日,当初就该留下一个,妇女委员小声嘟囔着。

　　说那没用的干吗?是福不是祸,是祸躲不过。福海瞪了一眼。

第三辑 岁月如歌，拨动着心底的弦

要不，要不还是报我吧，银生的声音细如蚊足。

又不是请客吃饭，值得你争？福海又瞪了一眼。

可是，可是俺爹毕竟当过国民党兵。

扯蛋！那不是抓壮丁吗？况且你爹后来投了诚，把命都丢在渡江战役中，福海吼道。

那，那怎么办呢？一村子人，不是贫雇农就是军烈属，谁挨得上边啊？

没你的事！现场顿时静默下来，只有吸烟声和咳嗽声此起彼落。

报俺老三吧，他光棍一根，没有牵连。一番沉默后，福海开了口。

那怎么行？他是你亲弟弟啊！众人异口同声。

不这么整，你们还有啥章程？

第二天一早，龚老三的名字就摆上了王组长桌面。王组长抓起纸条一看，兴奋地说看看，这不是挖出来了？我就说嘛，凡有人群的地方都有左中右。快说说，龚老三有哪些反动言行？

这，这，福海一时语塞。

啊哈，我忘了，你识字不多，上不了钢线，这样吧，下午我去你那一趟，帮你们整个材料。

午饭后，王组长果然来到村里。

王组长桌子一拍，龚老三，你叫什么名字？

啊妈妈，啊妈妈，龚老三张着茫然的眼，吓得连声叫唤。福海连忙说，王组长，他叫龚老三。

村主任，我在审讯他，你回答啥？

他是个哑巴。

那你把纸笔拿给他，让他把罪行写下来。

桃花红 梨花白

他，他不识字。

什么？不识字？龚主任，你搞什么名堂？这是阶级斗争，不是捉迷藏，你说一个哑巴，一个不识字的哑巴，怎么去散布反动言论？你这不是捉弄人吗？限你三天时间，三天后再不把真正的右派挖出来，你，你们这个班子，全都是右派！

王组长气呼呼地摔门而去，留下一屋子人目瞪口呆。停了半晌，福海说先散了吧，晚上再议。

一豆油灯，闪烁着昏暗的光晕，几杆烟枪，喷吐出呛人的雾气。福海叹了口气说，我想好了，还是我当吧。

那怎么行？你是咱们的主心骨，咱们谁当都不能让你当。

看看，又来了，你们傻啊，又不是请客吃饭，值当你们争？

福海伯，我有个主意，不知合不合适？

你个娃，能有啥主意？是不是也想跟我争？

不是，我是想，如果谁愿意当右派……

胡扯，谁愿意当右派？

福海伯，您听我把话说完，如果谁愿意当右派，就奖励他一百斤山芋，这样他名声上虽然吃了亏，生活上却得到了补偿。

嗨，你个娃，人不大，鬼点子到不少呐。

村主任，如今缺粮的很多，银生的主意值得试试。

第二天晌午，歪脖子柳树下，一村子人蹲的蹲站的站。福海咳嗽了两声说，上面分配咱们一个右派，村里讨论过了，谁要是想当右派，就奖励他一百斤山芋。

我当，我当。福海面前，"刷"地竖起一片手臂。

望着这丛手臂，福海百感交集。银生耳语，福海伯，让他们抓阄吧，谁抓到是谁的。

不一会，一篓子纸团摆上桌面。大家呼的一下涌上来，最前面是二狗。二狗家已经断顿，正愁着午饭没着落。

二狗在篓子里拨来拨去，像找金豆子似的，急得后面一连串催促。二狗没有理会，又拨拉了好一会，才从下面掏出一个纸团。二狗颤抖着打开纸团，众人也把脖子伸过去。中啦，中啦！二狗突然大叫起来。

没几天，二狗的右派就批了下来。与此同时，他的家里又飘起好闻的香味。

（发 2015 年 7 期《百花园》）

大字报

正当我暗暗得意时，胳膊突然被人架起。我还没明白是怎么回事，人已被架到讲台前。喧嚣的教室立刻安静下来，同学们都把目光投向了我。小闹说同学们，现在开个批斗会，批判丁小小这个顽固分子。

一进校园，我就觉得不对头：大门不见了，花圃不见了，整洁不见了，秩序也不见了。见到的是老师的惊恐，同学的茫然，还有满墙的纸片，满地的瓦砾。怎么会这样呢？我惊讶极了。

走进教室，我更加惊讶。往常这个时候，同学们或是高声读书，或是安静作业，很少有随便走动的。然而此刻，教室像麻雀炸窝，"叽叽喳喳"乱成一团。

桃花红 梨花白

我没有跟着闹，我生了一场病，缺了太多的课，没有闹的资本。可是我的书本还没有拿出来，肩头就被重重一拍，哎，呆子，跟你说件事。我抬头一看，是小闹。我很生气，凭什么叫我呆子？我不过就是脑子笨一些，成绩差一些，其他什么都不比别人少，况且你小闹也好不到哪儿去，考试常常和我一样，不是鸭蛋就是倒数。

哎，跟你说话呐，呆子，小闹的喉咙大起来。我吓了一跳。再看小闹，两手叉腰，神色威严，脏兮兮的褂子上，束着一根帆布带。咧开嘴的衣袖上，套着一个红箍箍。最神气的是脑袋，扣着一顶黄不溜秋的八角帽，如果不是满嘴的黄牙和难闻的臭豆腐味，我都快认不出他了。

看什么看？死呆子。小闹见我注视他，故意把胸脯挺了挺。你这么长时间没来上学，已经是落伍分子了。给你个立功赎罪的机会，只要你把海涛和田秀谈对象的事情揭发出来，我们还是欢迎你的。

这一下我真该刮目相看了，才几个月不见，小闹的口才这么好。怪不得海涛再三叮嘱，如果小闹询问，你什么都别说。

海涛是班长，也是我堂哥。我们两家相隔不远，打从上学时起，我就是他的跟屁虫，他就是我的保护伞。田秀是学习委员，也是我的同桌。老师见我学习跟不上，就安排她帮助我。

海涛爱看书，田秀也爱看书，他们俩就常常交换着看。可是那个时候，男女生是不能说话的，虽然我们是小学六年级学生，还不懂风花雪月，但谁要是交往过密，就会被看成不正经、搞对象。因此他们俩的书，都是通过我来交换。

海涛待我像亲哥，田秀对我也不错，不要说他们俩没什么，即便是真的谈对象，我也决不出卖他们。可是我又害怕小闹的拳头，

第三辑 岁月如歌，拨动着心底的弦

他的拳头常常把同学打得哇哇大哭。

死呆子，别给脸不要脸，如果再不说，就贴你大字报，把你和他们一样，游街批斗！

我正犹豫着说还是不说，小闹下了通牒。我随着小闹的手指看过去，发现黑板上贴满了纸，海涛、田秀等班干部全在上面。我羡慕极了，一个人的名字可以写那么大，并且贴在黑板上让人看，这是多么了不起的事啊。听娘说我过去也挺灵巧的，常常得到老师的夸奖。可是自从得了脑膜炎，我的脑子就糊涂了，怎么学都学不进。因此我很怀念过去的时光，做梦都想上一次黑板报或光荣榜。于是我决定不再开口，哪怕挨拳头也不。

我真的上大字报了，我的名字被小闹写成巴掌大一个，后面还跟着一串形容词：保皇派、逍遥派、狗腿子、爬爬虫。我虽然不懂它们的意思，但是觉得很好玩。我看着小闹把我的大字报贴上黑板，与海涛、田秀并列着。我得意极了，心想如果全校同学都知道就好了，我就更加出名了。

正当我暗暗得意时，胳膊突然被人架起。我还没明白是怎么回事，人已被架到讲台前。喧嚣的教室立刻安静下来，同学们都把目光投向了我。小闹说同学们，现在开个批斗会，批判丁小小这个顽固分子。

批判我？嘿嘿，真好玩，这是小闹第一次叫我大名，我没理由不高兴。我左右看看，海涛、田秀也被反扣着胳膊，这是在做好人抓坏人的游戏吗？我嘴一咧哈哈笑起来。

哼，先给点颜色你们看看，看你还敢不敢笑，小闹边说边挽袖子。

给颜色？是涂大花脸吗？我正想着，突然"啪啪"两声脆响，海涛的脸上已红了一片。妈呀，原来这就是给颜色，这就是大字报。

随笔随语

桃花红 梨花白

我哇的一声哭叫起来,放开我,我不要大字报,我也不要做游戏!叫着叫着,我就昏了过去。

从那以后,我一听说大字报就发抖,就发晕。

(发 2015 年 4 期《短小说》)

七灶河伏击

我"扑通"一声跳下河,将一个正在扑腾的鬼子狠狠地摁进水里,待他咕噜咕噜灌足了水,才将他提溜出来。那天,是日寇入侵以来我最痛快的一天。我拿出我的看家本领,把落水的小鬼子整得威风扫地、脸面丢尽。

天一擦黑,蚊子就出来了,嗡嗡嗡的追着人叮,怎么赶都赶不脱。

我们埋伏的草丛,更是蚊子的天下,铺天盖地肆无忌惮,隔着衣服都能吸到血。不一会,我身上鼓起很多小包,又疼又痒的十分难受。我扭头看看郝连长,郝连长一动不动地潜伏着,任凭蚊子起起落落。我立马安静下来,像连长那样目不转睛地盯着水面。

这是我们赖以生存的七灶河,往年这个时候,小河就是我们的欢乐园,我们摸鱼捞虾打水仗,常常玩到太阳落山,大人们虎着脸找到河边,我们才嘻嘻哈哈地爬上来。日本人来了后,这里就成了他们的水上交通要道,很多物资都从这里运送。上个月,我们的部队在这里打了个漂亮的伏击战,击沉汽艇一艘,打死日军数十人,缴获了很多武器弹药。

第三辑 岁月如歌，拨动着心底的弦

前天，部队得到情报，日军的一艘运载战略物资的汽艇，又将从七灶河通过。战士们闻言摩拳擦掌，就连伤病员都争着要上前线。我早就想当一名新四军战士了，听说又要打伏击战，忙央求正在思考作战方案的郝连长。郝连长就住我家，说话方便。郝连长说这次不行，鬼子刚刚挨了揍，势必更加谨慎，任何一点疏漏都会贻误战机。我说郝连长，我打过仗，杀死过鬼子，不信你问我娘。我娘连忙帮腔，是啊是啊，这孩子机灵着哩，不会误你们事的。郝连长被缠不过，只得说要参加也可以，但你必须保证服从命令。我胸脯一挺说保证！郝连长说你的任务是候补，战斗打响时不要乱跑，就在原地待着，随时听候我的调遣。是！我愉快地答应着，心里却早有打算。

第二天下午一点多，敌人的汽艇终于来了。潜伏了十几个小时的我们立刻振奋起来，全都不约而同地握紧了枪。

敌人果真变聪明了，每靠近一个村庄，都仔细了解情况。由于我们深夜潜伏，没有发出一点声响，瞒过了敌人的众多耳目。当汽艇驶进我们的伏击圈，埋伏在对岸的战士故意暴露目标。这是我们的烟幕弹，目的是造成假象，诱使汽艇向南岸我主阵地靠拢。这一招很奏效，敌人立马调整航向，乖乖地向我们这边驶来。

打！连长的命令刚出口，张二牛的手榴弹就已飞上汽艇，"轰"的一声将甲板上的鬼子炸上了天。与此同时，战士们手中的步枪、机枪一齐开了火，打得敌人晕头转向。敌人顿时慌作一团，有的跳水逃跑，有的负隅顽抗。连长立刻将战士分成三拨，一拨人攻击汽艇，一拨人泅水擒拿，一拨人阻击登岸之敌。

龟缩在舱里的鬼子，发疯似的扫射着，密集的子弹压得我们抬不起头。攻击班的勇士们就从两旁悄悄地包操过去，直到近前敌人才惊恐地发觉。李排长抬手两枪，敌艇的两个窗口就熄了火。趁着混乱，张二牛又飞身跃上汽艇，举着已拉了弦的手榴弹。鬼子吓坏了，乖乖地举起了双手。与此同时，擒拿班也开始了行动。我不顾连长的呵斥，紧紧地跟在他后面，游水是我的拿手好戏，我不想失去立功的机会。

"哒哒哒"，残敌在做垂死挣扎，冲在前面的连长不幸中弹。连长，连长，我不顾一切地冲向前去。注意隐蔽！连长朝我吼着，自己却支起身子，继续指挥战斗。我两眼噙满了泪，"扑通"一声跳下河，将一个正在扑腾的鬼子狠狠地摁进水里，待他咕噜咕噜灌足了水，才将他提溜出来。那天，是日寇入侵以来我最痛快的一天。我拿出我的看家本领，把落水的小鬼子整得威风扫地、脸面丢尽。

这次伏击，我们取得了辉煌战果，不仅消灭了五十多个日伪军，生擒了好几个日本军官，缴获了大量的武器装备，更重要的是截获了日军的绝密文件，粉碎了敌人的"垦屯"阴谋。

战斗结束后，我成了一名真正的新四军战士。因为我一人俘获了六个小鬼子，大家都称我是"浪里白条"。

（发2015年第1期《纯小说》、2015年4月25日《大丰日报》）

奔袭龙王庙

溃退到汤家舍的敌人，是日军王牌师的一个小分队。他们以为有龙王庙庇护可以喘息一阵子，殊不知遇上我们这支天不怕地不怕的抗日小分队。哈哈，看来日军的王牌师也不是什么神话，不怕死

第三辑　岁月如歌，拨动着心底的弦

的遇上不要命的，算他们倒霉。

二杆子，就你们三人会叨叨，还不快睡！

队长的大嗓门又响了起来。我们朝队长扮了个鬼脸，连忙闭上了眼睛。

其实不光我们没睡，大伙儿眼睛都亮亮的。下午的那场战斗，我们鸟枪换炮，全都扛上了鬼子的三八式。现在这些宝贝就依偎在我们身旁，贼亮贼亮的，越看越喜欢。

睡不着就起来吧，刚才村长报告，汤家舍来了一股敌人，盘踞在龙王庙里，到嘴的肉不吃白不吃，队长一脸喜悦地走进来。

哦，打鬼子去喽，我们全都跳起来。

月亮像没睡醒似的，迷迷蒙蒙的，正适合奔袭。我们虽然已有十七八个小时没休息，可是脚步仍然快得像飞一样，十五里的路程，半个多小时就量完了。

远远地，龙王庙的窗户隐隐约约透出一丝光，萤火虫似的没精打采，我们一下子兴奋起来。你们先在这儿待着，我去摸摸情况，队长盼咐道。我也去，我也去，我们都叫起来。吵吵个啥？这个队伍我当家还是你们当家？都给我乖乖地待着！队长眼一瞪脸一沉，吓得我们再不敢吭声。大约20分钟光景，队长回来了，浑身湿漉漉的。原来龙王庙前有条河，桥被敌人拆掉了，队长是泗水来回的。

哈哈，小鬼子被打怕了，庙门关得紧紧的，只留一个士兵在放哨，咱们只要悄悄地干掉那个士兵，就能把其余的人一锅端了，队长乐哈哈地说。队长将我们分成三个组，从三面向龙王庙包抄过去。距离龙王庙80来米时，我们已完成对敌人的包围。队长正准备偷袭哨兵，二杆子却不合时宜地打了个响亮的喷嚏。谁？谁？哨兵咔嚓一声拉开枪栓。队长连忙吹响哨子，采取第二道方案。

"瞿、瞿……"哨子一响，我们的枪同时开了火。龙王庙里人影纷乱起来，跟着一挺重机枪架上了屋脊，胡乱地朝我们扫射着。我们在敌人的子弹下面手脚并用，匍匐前行，一直爬到距龙王庙约二十米的地方。队长抡起膀子一扔，嗨，真巧，一颗手榴弹就飞上了屋脊。"轰"的一声巨响，人和枪一起滚了下来。

敌人一阵乱叫，又把机枪架到窗户上。哈哈，敌人明我们暗，不管怎么折腾，都不能把我们怎么着。而我们就像平时练习一样，只管把子弹往目标上打，把手榴弹往目标上扔。不一会，庙顶炸掉一大半，敌人像没头的苍蝇似的乱撞乱转，有几个鬼子竟然稀里糊涂地跑到我们的枪口下。准备出击，收袋口！队长发出了攻击令。

"哒哒哒"，"哒哒哒"，突然，密集的枪声在我们背后响起。队长回头一望，不好，敌人援兵来了，停止攻击，向南撤离，四五子、三发子、二杆子，你们三个先撤，其余人跟我顶着。

为什么我们先走？

哪那么多话？让你们走就赶快走，队长冲我们吼道。

我们没有走，情况这么危急，我们可不想当逃兵。我们悄悄地伏在队长他们身后不远的地方，随时准备策应。

战士们边打边退，不一会就退到我们身边。你们怎么还不走？队长怒目圆睁。我，我们想接应你们。你们还小，打仗的机会有的是，李队副，你带他们撤，玉米地汇合，大刘，咱俩掩护。我们还想争辩，李队副脸色一冷，听话，别给队长添乱！

伏在玉米地，我们紧张地盯着战场看。终于，队长回来了，是

第三辑 岁月如歌，拨动着心底的弦

被大刘背回来的。队长身上多处中弹，肩头、胳膊和腿都流着血。所幸小鬼子没有追来，大概是慰问庙里的难兄难弟去了。

队长，都怪我，如果不是我打喷嚏，这仗早打完了，二杆子哭着扑向班长。傻孩子，哪能怪你？要说我有责任，你鼻子有毛病，这些情况我应该事先想到，再说这些次行动是我个人主张，你们如果有个闪失，我对不起你们父母。

事后我们得知，溃退到汤家舍的敌人，竟然是日军王牌师的一个小分队。他们以为有龙王庙庇护可以喘息一阵子，殊不知遇上我们这支天不怕地不怕的抗日小分队。哈哈，看来日军的王牌师也不是什么神话，不怕死的遇上不要命的，算他们倒霉。

（发2015年7月26日《盐城晚报》、2015年第4期《青州文学》）

裕华攻坚战

爷爷冲在最前面。爷爷抱着他的机枪，看见鬼子就"哒哒哒"一梭子。每撂倒一个鬼子，爷爷就喊一嗓子：强子哥，这个算你的。强子哥，这个算我的。待射完最后一发子弹，枪筒已滚烫滚烫。

接到战斗命令时，爷爷刚穿上军装不久。

爷爷学着班长的样子，将铁镐抡得圆圆的。

凌晨时分，爷爷他们挖的战壕已将鬼子碉堡团团围住。

鬼子吓坏了，发疯般地倾泻着枪炮弹，腾起的粉尘遮住了半边天。

班长笑道，大家抓紧时间休息，待养足了精气神儿，再同小鬼

桃花红 梨花白

子们玩。

爷爷他们往战壕里一躺,睡觉的睡觉,唠嗑的唠嗑,哼小曲的哼小曲,惬意得像在茶馆里似的。

爷爷也想睡一觉。挖了一宿的战壕,爷爷累得散了架。可是爷爷一点都睡不着,爷爷的两只手掌血糊糊的,一动钻心的疼。

班长"刺啦"一声撕下衬衫下摆,轻轻地帮爷爷包扎起来。班长叮嘱爷爷,战斗打响时别乱跑,没有我的命令不许出来。

爷爷点点头,心里却在想,那哪成,我已同强子哥打了赌,看谁杀的鬼子多。

当日深夜,信号弹腾空而起,爷爷他们齐刷刷地点燃早已备好的柴草,顷刻间,敌堡陷入熊熊烈焰中。

面对烟山火海,鬼子慌成一团。班长趁机冲向鬼子碉堡,将一束手榴弹扔进他们的枪眼。"轰轰轰"一阵闷响,鬼子的肢体飞上了天。爷爷刚想欢呼,斜刺里喷出一束火舌,班长晃了几晃倒了下去。

班长,班长,爷爷哭喊着扑上前。

别动,前边有暗堡!爷爷刚一动弹,就被强子狠狠按住。

别拦我,我要为舅舅报仇,爷爷的牛脾气上来了。

那是我爹,我比你更想报仇。可是暗堡前面有那么大的开阔地,一点遮蔽的东西都没有,你乱闯乱冲不是白白送死吗?你忘了咱俩的约定?咱们只有保护好自己,才能消灭更多的敌人。

战斗方案终于下来了,部队领导经过研究,决定采用"土坦克"攻坚。战士们随即忙碌起来。他们从老百姓家中找来方桌和棉被,然后把棉被用水浇湿蒙上桌面。总攻开始前,强子将他们这个班分成两个突击队,第一队先上,第二队预备。强子没有安排爷爷当突

第三辑　岁月如歌，拨动着心底的弦

击队员，强子对爷爷说，你留下来掩护我们，你掩护得好，我们的胜算就更大。爷爷也想打冲锋，可是强子已当上代理班长，爷爷不敢不听。

冲锋号吹响了，强子带着他的勇士勇猛地跃出战壕。与此同时，爷爷的机枪也"突突突"地吼叫起来。一时间，冲杀声与枪炮声、手榴弹的爆炸声，"噼里啪啦"响成一片。

强子和他的勇士们，顶着用方桌和棉被组成的"土坦克"，左冲右突奋勇向前。鬼子哪里见过这种武器？一时间竟忘了还击，直到强子他们逼到近前，才慌乱地开起枪来。强子随即拉响绑在身上的集束手榴弹，一声巨响，暗堡大门炸成几块。另一组战士立刻掀掉"土坦克"，将身上的手榴弹尽数扔进洞开的暗堡。惊天动地的爆响中，鬼子的机枪顿成哑巴，没有炸死的鬼子哇哇怪叫着四处逃窜。

为班长报仇，为强子报仇！为牺牲的战友报仇！

战士们打开枪刺，勇猛地杀向鬼子。

爷爷冲在最前面。爷爷抱着他的机枪，看见鬼子就"哒哒哒"一梭子。每撂倒一个鬼子，爷爷就喊一嗓子：强子哥，这个算你的。强子哥，这个算我的。待射完最后一发子弹，枪筒已滚烫滚烫。

裕华战斗，爷爷他们共消灭日伪军四百八十多人，是当年新四军在苏北打的最大的一次攻坚战。战斗结束后，部队举行了庆功会，陈毅军长还给部队发来了嘉奖电。

庆功会一结束，爷爷就来到班长和强子的墓前。

爷爷对班长说，舅舅，部队召开庆功会了，您和强子哥都是战斗英雄，大家都在向你们学习哩。舅舅，我没有辜负您的期望，我杀死了十个鬼子，给俺爹俺娘报了仇。

153

桃花红 梨花白

爷爷对强子说，强子哥，你比我多打死一个鬼子，你胜了，我要向你学习。强子哥，你从舅舅手里接过了三班，我又从你手里接过了三班。我一定要像你和舅舅那样，英勇杀敌，不怕牺牲，让咱们班永远是咱连的尖刀班、英雄班。

后来，爷爷又参加过好多次战斗，立下过好多次战功，但印象最深的，还是裕华攻坚战。

每当讲起那次战斗，爷爷总是感叹，那是一九四一年八月的事了，那时班长才三十八岁，强子哥十八岁，我十六岁。

（发2014年12月《短小说》、2015年5月27《盐阜大众报》）

解放大中集

喜讯传来时，我正被我姐指挥得团团转。因为大前天的擅离职守，我姐把我管得死死的。没能目睹谷振之的可耻下场，我的高兴便带了点遗憾。

天还没亮透，我们就化好妆，换上新衣裤，系上红色的腰鼓，喜气洋洋地出发了。可是我们还是迟了一步，扭秧歌的、踩高跷的、舞龙舞狮子的、敲锣打鼓放鞭炮的，已将小街热闹成欢乐的海洋。

"姐妹们，预备——开始！"我慌忙下达指令。"咚恰咚恰，咚咚恰咚恰……"随即，我们的鼓声就像夏日的骤雨，在这个喜庆的早晨，密集而奔放地铺散开来。

"小鬼，你们有新任务。"我们正尽情地舞着，支队长找来了。

第三辑　岁月如歌，拨动着心底的弦

"啥任务？"我急切地问。

"策反和平军。"

"为啥？日寇都被我们打败了，还怕他们不成？"我不理解，更不乐意。那年，伪旅长谷振之，为了讨好日本主子，居然打起我姐的主意。我姐誓死不从，谷振之恶狠狠地对我姐说："我数到3，你若不答应就砍掉你爹一只手，两只手砍完就砍脚。砍完你爹再砍你妈、你妹，直至你同意为止，1、2、3……"话音未落，两个伪军蹿上来，将我爹死死摁住，只听"噗"的一声，我的眼前一片血红。醒来后我才知道，如果不是新四军及时赶来，我家还不知被祸害成啥样子。想到这里我叫道："他们干尽了坏事，现在终于到了报仇雪恨的时候，为什么不打？"支队长说："谁没有仇恨？可是你想过没有？大中集人口密集，如果能够和平解放，老百姓就少受损失，我们干革命为的啥？就是为了千千万万的老百姓啊！"

事后得知，部队已做好两手准备，战士们因为忙于修筑工事，我们才得以担此重任。按照部署，我们先去做伪军家属的工作，然后由他们去劝降。那些家属见我们没带枪，又是些半大的孩子，就放心地打开门，殷勤地让座倒茶。我们把手一挥："别忙乎了，我们是来工作的，现在的形势你们也看到，小鬼子已投降，人民翻身做主的日子已经到来……"我们竹筒倒豆子似的，从目前形势到党的政策，把知道的大道理一股脑儿倒出，说得那些人点头哈腰、诚惶诚恐。随后我们带着他们来到敌人的碉堡前，用喇叭筒喊道："和平军兄弟们，新四军优待俘虏，只要放下枪，我们既往不咎，现在由你们的家属讲话。"

"哈哈来啊，我倒要看看你们能把我怎么样？弟兄们，别听他们的，他们没有大炮，奈何我们不得，我们的飞机马上就到了，打

155

完这一仗，每人奖赏一条田。"

谷振之的叫嚣随风传出，大家气得咬牙切齿，我却暗暗欢喜——终于可以报仇了。

战斗于9月13日下午打响。宣传队被安排到战地医院，协助做好伤病员的护理工作。我将队员带到我姐面前，我姐是护士长，负责管理我们。队员们各就各位后，我悄悄溜了出来。谷振之说我们没有炮，那是过去的事了。我们的炮安置在一座废弃的厂房里，距离敌堡只有150米左右。

"新四军，你们快走吧，我们的大炮打起来，你们可吃不消！"死到临头了，几个伪军还在叫嚷着。

"发炮！"

"嗵！"

炮长的号令与炮弹的出膛声几乎同时响起，我还没看清炮弹是怎么出去的，敌堡已在轰隆隆的爆炸声中塌下一角。战士们在大炮和机枪的掩护下一跃而起，勇猛地扑向敌人。第三天，大中集四周的碉堡已被我们全部攻克，伪军司令部成了一座孤城。

当晚，我们的炮弹拉开了总攻的帷幕。谷振之凭借坚固的工事和深深的壕沟，威逼士兵们反抗。支队长驳壳枪一挥："同志们，冲啊！"战士们齐刷刷站起来，"扑通，扑通"紧跟着支队长跳下沟去。敌人疯狂了，枪弹蝗虫似的"嗖嗖"乱飞，溅起的水花半人高。战士们飞快地泅近碉堡，把一束束手榴弹喂进土围子里和蔽式碉堡上，"轰"、"轰"，一团团火光映红了夜空。谷振之发觉势头不妙，连忙打电话求援。话还没说完，就被我强攻进来的敢死队员一枪撂倒。

喜讯传来时，我正被我姐指挥得团团转。因为大前天的擅离职守，

第三辑　岁月如歌，拨动着心底的弦

我姐把我管得死死的。没能目睹谷振之的可耻下场，我的高兴便带了点遗憾。

（发 2015 年 8 月 29 日《大丰日报》）

发绣佛

你每日凌晨起床，焚香、沐浴、换上洁净衣裳，然后将自己的青丝一缕缕拔下，用极薄极薄的刀片剖成四开，再按照心中的佛像，轻轻地、细细地绣上。

萧萧秋风中，一辆马车，踽踽而来。车中的你，柳眉锁，清泪挂，消瘦比黄花。

走了多少路？过了多少卡？你不闻也不问，任由车马一路南下。黄海边的西团镇，迎来风尘仆仆的你，你知道，你的未来在这儿。

这里的人，大多来自苏州阊门，洪武赶散，煮海为生。相似的经历，使他们对你格外牵挂。你却不愿麻烦别人，只想觅一僻静之处，悄悄疗伤，悄悄住下。

晾网寺里，你欲专心向佛。可是一捧起经卷，父亲的容貌就闪了出来，悲号就不绝于耳。你仰天长叹：父亲刚正不阿、勤勉一生，只因不愿与人同流合污，就被栽上莫须有的罪名，试问，这世上还有评理的地方吗？

看到你如此痛苦，僧人坐不住了，乡邻赶过来了，他们说：求求菩萨吧，菩萨会保佑你的；皇上或许一时迷糊，待明白过来，定

157

桃花红 梨花白

会给予公道的；你善刺绣，不如绣幅精品献给皇上？皇上开心了，令尊或许就有救了。你如梦初醒：对啊，听说皇上信佛，何不绣幅佛像？你似乎抓到了一根救命稻草，眼里腾起希望的光华。

乡人暗暗摇头：可怜的姑娘，咱们是怕你悲伤过度啊。"血溅左顺门"事件后，嘉靖早已疏于朝政，任由严嵩胡作非为。更荒唐的是，他认为用没有经历"人事"的少女月经炼丹，可以延缓衰老、留住年华，遂大量征召十三四岁的宫女。这样一个昏君，怎能分辨黑白真假？

乡人的心，你何尝不知？只是因为救父心切，不愿朝坏处想罢了。你取出一幅红绫，那是父亲给你的礼物，逃难时，你独独将它留下。红绫产自杭州，由上等蚕丝织成。你以红绫作底，你说红绫象征尊贵。你以青丝作线，你说青丝代表高雅。此后你每日凌晨起床，焚香、沐浴、换上洁净衣裳，然后将自己的青丝一缕缕拔下，用极薄极薄的刀片剖成四开，再按照心中的佛像，轻轻地、细细地绣上。从早到晚，从春到夏，日复一日，月复一月，你把自己绣成了一座雕像，你是用生命换取父亲的生命啊！

终于，只剩下点睛之笔了，你却眼神大伤，视力全无。乡人顿足，都怪我，出了个馊主意。你开心地说，如果能因此感动皇上，父亲的冤假错案，就可大白天下。

可是，就在你信心满满时，晴天霹雳，将你彻底击傻：父亲没能躲过魔掌，佛像绣成的前一天，已含恨九泉之下。捧着佛像，你仰天大哭：苍天啊苍天，一年零八个月，我天天赶，日日盼，满以为只要绣成佛像，就能将父亲救下，谁料想美梦一场，真真是天绝我也！哭声惊动四乡八邻，人们赶来时，你已随父而去。乡人无力为你申冤，只能将你的发绣佛，在晾网寺的后殿高高悬挂。逢年过节，

> 第三辑　岁月如歌，拨动着心底的弦

人们成群结队前来拜祭，晾网寺因你名闻天下。

　　只是想不到，430年后的今天，你又横遭不测。那日，小和尚明月，正用拂尘轻轻地掸着佛像，殿门突然被狠狠地踹开，明月知道不妙，因为前几天，晾网寺已遭炮火重创，人们都说，后殿能够保全，是你在暗中护佑，是发绣佛神通广大。毫不犹豫，明月挺起并不丰满的胸膛。可是豺狼盯住的猎物，哪能轻易逃脱？刀光中，又一个国宝被掠夺，又一位青年热血洒。当晚，愤怒的乡民，梦中向你哭诉。你劝道：别难过，日寇抢走的只是佛像，佛的精髓还在中华。

　　是的，晾网寺虽然消失，发绣佛虽然没了，但你的品德和技艺，已深深镌刻进人们心中，一如东方的太阳，西方的霓霞。

　　人生不能忘，最是父母恩。如今，丰城博物馆里，藏有一本《夜雨秋灯录》，清人宣瘦梅，对你和你的发绣佛，有着详细的描画：东海掠网寺，藏有绣佛一帧，绫本，长二丈四尺，横八尺……于是，你的事迹不仅在当地相传，还跨越千山万水，传遍整个华夏。你就是叶苹香，发绣的鼻祖、孝道的楷模。人们只要一提起你，就肃然起敬、赞赏有加。

（发2016年3月24日《辽河》）

王姑泪

　　大哥抱着你痛哭失声：小妹啊小妹，你怎么这么傻？哥已当上吴王，咱们的好日子就要到了。你惨然一笑：我的命是刘郎抢出来的，刘郎既已不在，我活着还有何意？

桃花红 梨花白

落英缤纷中，你的一声啼哭，划亮了父母的天空。

大哥找来一串鞭炮，挂在树上燃放起来。腾飞的烟花，伴随着震落的枝叶，纷纷扬扬铺满小院。大哥灵光一闪：小妹就叫英子吧。

英子，英子，父亲抱着你亲了又亲，母亲的喜泪流了又流，哥哥们高兴得嘿嘿直笑。穷人家的爱，简单又直白。

百般宠爱中，你到了读书的年龄。隔壁私塾里的琅琅书声，"吵"得你魂不守舍。可读书于你来说，隔着千山万水，你是个盐丁的女儿。"白头灶户低草房，六月煎盐烈火旁。"盐丁的苦，即便倾尽黄海之水，也是写不完的。

读书不成就习武吧。那时，你的哥哥们，发疯般地恋上了刀枪。你抱起一根木棍，兴致勃勃地钻进他们的行列。母亲吓得大叫，快回来，女孩子哪有舞刀弄枪的？大哥说，让她练吧，妹妹这么好看，会点功夫可以防身。

四个哥哥中，大哥最疼你。你的要求，只要是力所能及，无不一一满足。大哥去了趟铁匠铺，为你量身定制了一套"行头"。从此，你的飒爽英姿，成了草堰场最美的风景。

十二岁那年，刘进走进你的生活。大哥说，小妹，他是我的结拜兄弟。

刘进家境较好，原可以锦衣玉食的。因歹人陷害，一夜变成赤贫。也是你们有缘，刘进知道了你的秘密后，竟像相遇知音一般，忙翻出自己念过的书本，一字一句教起你来。于是你们的恋情，便在陶渊明的"悠悠见南山"里，在李清照的"一种相思，两处闲愁"中，慢慢滋长起来。

大哥与父母商量，咱就一个妹妹，婚礼必须隆重，所有开销，

第三辑　岁月如歌，拨动着心底的弦

我想办法。你连忙阻拦。大哥的所谓办法，无非是偷运私盐。几个哥哥的结婚费用，都是这般来的。可偷运私盐，是脑袋提在手上的事情。

你的担忧，不幸言中。那日，大哥的船刚离码头，就被官差逮个正着。大哥赔着笑脸：丘大人，一点小意思。

丘义将碎银打开数了数，见只有区区十几粒，脸色顿时阴沉下来：大胆刁民，竟敢夹带私盐，来人那……

新仇旧恨瞬间爆发，大哥骂道：丘义，你这头喂不饱的狼，老子早想修理你了！一拳飞出，出了人命。这就是死罪了，不上梁山又能如何？于是一场啸聚水乡、威震淮南的十八好汉揭竿起义，就此拉开序幕。

打仗亲兄弟，上阵父子兵。起义军中，你的几个哥哥，是当然的先锋。你坐不住了，毫不犹豫紧跟上去。杀富济贫，开仓放粮，你们的壮举，极大地鼓舞了当地百姓。只一个月时间，大哥领导的盐民起义军，就达上万余人。

恶霸刘子仁的庄园，是块难啃的骨头，起义军攻打了几次，都无功而返。你挺身而出：大哥，刘贼装备精良，须智取才行。你不顾大哥的阻拦，执意装扮成渔婆，混进戒备森严的刘府。有你的里应外合，刘府终于攻破。这次战斗，你身上多处受伤，是暗中保护的刘进，舍命将你救出。那一刻，你就在心里暗暗发誓："山无棱，天地合，才敢与君绝！"

北极殿里，你凭窗而坐，相思的泪珠，沿着窗台蜿蜒而下，久而久之，竟长出两行青绿。大哥知道后，立刻派出信使，日日通报与你：攻克泰州，拿下苏州，好消息一个接着一个。还有你的进哥哥，

桃花红 梨花白

也是必报的内容。你脸红起来，前方在浴血奋斗，自己却儿女情长，多不好意思。可一觉醒来，你依然如故。

这天，你一早就心慌慌的，从来不成有过。望穿秋水中，信使终于出现。大哥的宏伟大业，自是你关注的重点。可是今天，你只想知道刘进哥哥。信使却反常，报完了战果，竟没了下文。你连声追问：刘进呢，刘进怎么样？信使被问不过，哽咽着说：刘将军他，他……你的天空，瞬间坍塌。

"可怜无定河边骨，犹是深闺梦里人"。醒来后，你不吃也不喝，一任双泪默默长流。大哥抱着你痛哭失声：小妹啊小妹，你怎么这么倔？哥已当上吴王，咱们的好日子就要到了。你惨然一笑：我的命是刘郎抢出来的，刘郎既已不在，我活着还有何意？

你葬于草堰场北闸口，那是刘郎出征起航的地方。墓碑上，"王姑墓"三个字熠熠闪光，那是大哥对你的赏赐。大哥就是草莽英雄张士诚，你就是小妹张士英。

（发2015年11月《怒江民族中专》、2016年1期《江苏散文》）

镇海寺的钟声

"当"，激越的钟声骤然响起。抬头望去，余音还在缭绕，钟下却无一人。镇海寺被毁后，幸免于难的僧人，早已投奔他处，古钟不敲自鸣，是助威？还是警示？人们不觉挺起胸膛。

小海八景中，镇海寺当属第一，有诗云：野外孤寺树作邻，白

第三辑　岁月如歌，拨动着心底的弦

云霭霭覆垣埋。东风时送钟声晓，惊醒渔樵梦里人。

相传清朝初年，大海里飘来三具神像，到了小海地界，竟不走了。当时的小海，正被日益泛滥的潮水折腾着，苦不堪言的民众，做梦都想找个靠山保护自己。神像的到来，给了他们无限的想象和希望，于是他们有钱出钱，有力出力，只几个月，一座像模像样的寺庙便巍峨耸立。

说来也真神了，镇海寺建成后，海水温柔了许多，毁灭性的潮汐再没有过，人们抓住这难得的安宁，烧盐煮海、繁衍生息，不知不觉，小海竟成了繁华的贸易中心。

时光的年轮，很快走进一九四一。这天，天气有点反常，都四月底了，还像在隆冬中。不过人们都没在意，有镇海寺呢！于是钟点一到，僧众就开始打坐念经，灶民就开始刮泥吸海，商铺就开始忙碌生意，娃娃就开始读书写字，好温馨好安详。

晌午时分，几发炮弹呼啸而来。硝烟过后，温馨不见了，安详没有了，僧人死的死伤的伤，镇海寺成了废墟一片。

清醒过来，人们顿足：菩萨遭殃了，大难要来了。

大难真的来了。一群强盗，挑着膏药旗，端着三八盖，所到之处，火光冲天，哭声一片。镇海寺已遭重创，强盗仍不放过，所有值钱的东西，能拿的拿，拿不走的砸。古诗中提到的那口钟，乃唐代宝贝，几个识货的，团团将它围住。危急时刻，古钟突然坠落，将为首的当场砸死。强盗害怕了，只得乖乖地将其放回原处。

翌年深秋，寂寞了一年多的镇海寺突然热闹起来。

一大早，满地的残砖碎瓦就被清理一空，原先安放香炉烛台的地方，搭起了一个简易的棚子，里面一张四方桌，几条长板凳。

长老们回来了？要修复寺庙了？一位路人，不由得停下脚步。

哪里？是邹先生演讲，比修建庙宇重要多了，知道邹先生吗？大名鼎鼎的"七君子"之一！被问者自豪地回答。

邹先生来了？路人眼睛一亮，走南闯北十余年，邹先生的为人和事迹，路人早已耳闻，能在家乡见到这位英雄，真乃一大幸事。路人决定留下来，聆听邹先生演讲。

谈话间，新四军战士来了，民兵武工队来了，附近的民众来了，偌大的场地，片刻聚满了人。

不一会，一位身穿浅蓝色长袍，戴着一副眼镜的中年人，在司令员的陪同下步入会场。司令员兴奋地介绍：同志们，邹先生是著名的爱国人士，杰出的新闻记者，早在抗战初期，邹先生就大声疾呼，停止内战，一致对外。他主办的《生活周刊》，不知鼓舞了多少热血青年。今天，邹先生不远万里来到这儿，宣传抗日道理，传播革命种子，他的演讲，将对我们的抗日救国运动，起到积极的推动作用。

热切的目光中，邹先生扶了扶眼镜，从卢沟桥事变到南京大屠杀；从正面战场的浴血奋斗到敌后抗日民众的顽强不屈，激情演讲引发强烈共鸣。谈到皖南事变时，邹先生说，"皖南事变"后，蒋介石宣布新四军为叛军，取消番号，可是我看到更多的新四军，仍战斗在大江南北。中国人要想过好日子，道路只有一条，那就是团结一致，共同对外，将日本人赶出中国去！

"当"，激越的钟声骤然响起。抬头望去，余音还在缭绕，钟下却无一人。镇海寺被毁后，幸免于难的僧人，早已投奔他处，古钟不敲自鸣，是助威？还是警示？人们不觉挺起胸膛。

"打倒日本帝国主义！"，"中国共产党万岁！"不知是谁带的头，

第三辑 岁月如歌，拨动着心底的弦

随即，惊天动地的口号轰然炸响。

讲演结束后，乡民纷纷拥上前去，要求参加新四军。路人也忘掉要做的事，加入到参军的行列。

看着这沸腾的场面，邹先生很激动，当即改变计划，接受邀请，到分场巡回演讲。邹先生此行目的地是延安，那是他朝思暮想的地方。

连日的奔波和辛劳，邹先生更加瘦弱了。讲到最后一场时，竟晕倒在演讲台上。医生一检查，耳癌！所有人都惊呆了。其实刚到小海时，邹先生就已感到不适，耳朵里像开着飞机，轰隆轰隆的。咽喉又红又肿，咽口水都很困难。可邹先生从没跟谁讲过。延安是去不成了，万不得已，邹先生只得在众人的劝说下返回上海，但还是错过了治疗时机。

消息传来，凡是听过邹先生演讲的，无不悲痛和惋惜。为了纪念他，人们在镇海寺东侧竖起了一块纪念碑，上面恭恭敬敬地写着：邹韬奋同志发表抗日救国演说纪念地。

岁月悠悠。一晃，邹先生已离去七十多年。然小海的一些老人，只要想起那段往事，还是会啧啧称奇：你说神不神？邹先生刚说完，钟声就响了，惊堂木一样的震撼人，要我看，分明是菩萨在喊好哩！

（此作发 2016 年三月《金山》）

第四辑　记忆中，那片海

剃头的、绣花的、箍桶的、修鞋的、教书的、画画的、挑糖担子的、弹棉花的、踩缝纫机的、编竹席竹篓的……这些手艺，有些消失了，有些接近消失。我知道，我的笔，挽留不住他们消失的脚步，却是一种记录，记录他们曾经有过的激荡……

父亲的心事

"好，好，就等你这句话！"父亲不等我说完就击掌叫好起来，那是父亲在看到最满意的答卷时才有的神态。望着父亲欣慰的笑容，我知道，父亲这下该稍稍放心了。

父亲变了，变得让人匪夷所思。

那天晚上，我正在书房批阅文件，父亲进来说："强儿，我想同你商讨件事，有空吗？"

第四辑　记忆中，那片海

"有空，有空。"我连忙迎上前。要知道，父亲向我讨教可是大姑娘上轿第一回，我没有理由不受宠若惊。

父亲并不理会我的惊讶，径直说道："市委党校让我给青干班学员上几节古诗文欣赏课，我思量，这些学员是各条战线的精英，肩负着两个文明建设的重任。南宋哲学家吕祖谦曾说过，当官之法，唯有三事，曰清、曰慎、曰勤。意思是讲官员倘若为官弄权，不干不净，必然心生私利与邪恶，其结果必然失民心，失天下。古代官吏尚知得民心者得天下，当下为官者对此更应有深刻的认识。因此我想选择一些体现勤政廉洁内容的古诗文为教材，在指导欣赏古诗词的同时渗透一些做人的道理。只是我乃一介布衣，这样做是否有点越俎代庖？"

父亲说这些话时，几乎是一气呵成，完全没了平时的慢条斯理。面对父亲的期待，我来不及多想，连忙说道："爸，您曾经说过，教师的职责是传道授业解惑，教师不仅要传授给学生知识，更应该传授给学生做人的基本道德。您既然是党校聘请的教员，那些学员就是您的学生。况且廉政建设是这次青干班的重要内容，您的选择真是再合适不过了。"

父亲见我如此说，眉毛先是扬了扬，接着含笑点了点头。我知道，那是父亲的习惯性动作，是对圆满回答问题的学生的奖励。目送父亲离去，我突然疑惑起来。父亲到党校兼课也不是一两次了，为何这次如此慎重？是顾及自己的形象？还是为了我的声望？我不得而知。

这之后我出了一趟差，回来后脚跟还未站稳，父亲就跟了进来。看得出来，父亲有话要说，且是酝酿已久。果不出所料，父亲扬了

桃花红 梨花白

扬手中的资料说："强儿，再向你讨教个问题。白居易在《卜居》中感叹自己'游宦京都二十春，贫中无处可安贫'。可是他二十七岁进士，从周至县令至校书郎，后来拜翰林学士，官居五品，怎么会连房子都买不起呢？"

我说："白居易信守做人要谦逊诚朴的操行，为官要爱民济民的职责，为官期间敢于直言，针砭时弊，以至得罪权贵，被贬司马。似他这般'不识时务'，居无定所便在情理之中了。"

父亲听后微笑着点了点头，然后意味深长地看了我一眼。父亲的

这种目光我是再熟悉不过了，它是一种勉励和期盼、一种关注和疼爱。只是满腹经纶的父亲居然会讨教一个连中学生都懂的问题，这再一次引起我的警觉。

当晚我向妻说出心中的疑虑。妻沉思了一会说，也许是因为你当上了七品芝麻官，爸担心你为官不仁，在敲你的边鼓呢。我说既如此爸为何不明说？非得来个"曲线救国"！妻说亏你当了三十八年爸的儿子，爸的为人你不清楚？他是顾及你的自尊心哩。

妻的话让我一下子醒悟过来。是啊，执了一辈子教鞭的父亲之所以深得人们的敬重，除了他的师德高尚外，便是他那独具魅力的人性化教育方法了。看来我该向父亲袒露心迹了，否则他老人家还会"不耻下问"的。

果然次日中午的餐桌上，我刚刚端起饭碗，父亲就神秘地对我们说："最近我看了王钢写的题为《包公脸上的指痕》的文章，说的是开封府题名记碑上镌刻的一百三十八任知府名单中，除包拯的名字几乎被磨光外，其余人的名字均保存完好，你们知道这是为什

么吗？"

父亲说完目光朝众人梭巡了一遍，最后定格在我的脸上。很明显，父亲是想让我回答问题。幸好那篇文章我也仔细读过，于是立即答道："包拯的名字是被深爱他的百姓抚摸掉的，是被历朝历代的游客抚摸掉的。包拯执掌开封府虽然只有短短的一年零三个月，可是他的名字已誉满天下，故事已传扬千年。爸，这些日子我一直在想，党和人民这么信任我，让我担当全县人民的领头羊，我唯有像包公那样，恪尽职守，廉政勤政，自觉接受监督，全心为民服务，才能对得起党和人民的厚爱和重托啊。

"好，好，就等你这句话！"父亲不等我说完就击掌叫好起来，那是父亲在看到最满意的答卷时才有的神态。望着父亲欣慰的笑容，我知道，父亲这下该稍稍放心了。

（首发 2008 年 10 月 7 日《盐阜大众报》，当年第 23 期《小小说选刊》转发，入选"阅卷老师推荐的"《100 篇作家经典美文》《最好看的廉政小说 100 篇》，获第七届全国微型小说评比二等奖）

谭鞋匠

回城那天，乡邻们都来送秋月。汽车喇叭催了好几次，秋月仍拉着谭鞋匠的手泪流不止，任凭父母劝说就是不松开。谭鞋匠看看天色不早，狠心扒开秋月的手，返身进屋关上大门，秋月这才一步三回头地哭着离开。

桃花红 梨花白

谭鞋匠生得虎头虎脑，虎背熊腰。如果不朝他的下半身看，绝对是个健美的后生。

谭鞋匠打从出娘胎里出来，两条腿就像个枯枝丫似的既没有活力，又不能伸展。好在谭鞋匠的胳膊粗壮有力，两手只要往地上一撑，铁搭般的身躯便轻松悬起，加之谭鞋匠还有两张小巧玲珑的榆木板凳，用它来辅助行走，倒也平稳自如。

谭鞋匠的手艺堪称一流，他上的鞋既好看又结实。别人上的鞋，穿过一年半载，底和帮也许会闹分裂。谭鞋匠上的鞋，即使底磨透了帮穿烂了，针脚也不会有半点松动。

谭鞋匠手艺好，人品也好。乡亲们到他这里上鞋子，方便时及时付款，不方便时缓几天也成。如果有人提出用一只鸡蛋或是半碗苞谷抵充工钱，谭鞋匠也总是笑着应允，决不皱一下眉头。对于那些孤寡老人或是家庭实在困难的乡亲，谭鞋匠还会免费服务。

俗话说，人待人好水涨船高。谭鞋匠为人谦和，自然深得乡邻们的敬重。那时候乡亲们都不富裕，水牛一样的壮汉忙活一年，也只能混个半饱儿。但乡亲们只要有点好吃的，总不忘给谭鞋匠留点。路上遇到谭鞋匠，会主动帮着提工具箱。谭鞋匠的口粮和柴草，也有人惦记着挑回。剃头店的张师傅见谭鞋匠来回奔波实在不便当，还在自己仄逼的店堂中腾出一个角，让谭鞋匠摆摊做生意，同自己一个锅灶吃饭，一个土炕睡觉。

男大当婚，女大当嫁。不知不觉间，谭鞋匠已二十出头。打了一辈子光棍的张师傅深知单身汉的苦楚，几次劝说谭鞋匠早点物色对象，不要像他这样白来世上一回。谭鞋匠笑笑说，像您这样不是挺好吗？一人吃饱全家不愁，省去多少烦恼。张师傅摇摇头说，你呀你呀，早晚有后悔的时候。

一日，"豆腐西施"谢桂花来取鞋子。那时谢桂花正奶着娃娃，没有穿抹胸，试穿新鞋时，奶子便从低矮的领口露了出来。谭鞋匠自打离开娘的怀抱，再没碰过女人身子，如今冷不防看到两个白花花的奶子，只觉得热血奔涌耳热心跳，手指被针扎破都不知道。谢桂花见谭鞋匠两眼直勾勾地盯着自己的胸脯，低头一看也羞红了脸。

谢桂花的春光泄漏开启了谭鞋匠的情窦，从此谭鞋匠的心也开始躁动起来。只要有年轻一些的女人找他上鞋，谭鞋匠总会偷偷地朝人家山丘般的胸脯看上几眼，有漂亮的女子从门前经过，眼睛也会不错珠地追随。

谭鞋匠的变化没能逃过张师傅鹰一样的眼睛，张师傅便又老调重弹，谭鞋匠虽然没好意思正面答应，眼神里却满是期待。张师傅就利用剃头的机会大肆宣扬谭鞋匠的好，拜托大家帮着物色对象。

正当众人为谭鞋匠的婚事担忧时，谭鞋匠身边却多了个嫩笋般的人儿。那姑娘不仅模样儿俊，身段子好，还讲一口好听的吴侬细语。乡里人从没见过这么雪白粉嫩的俏女子，一个个惊讶得眼珠子差点崩出来。谭鞋匠喜滋滋地告诉大家，姑娘叫秋月，是杭城姑妈介绍的对象。

谭鞋匠是个孤儿，十几年来没有一个亲戚走动，更没听说杭城还有个姑妈。不过怀疑归怀疑，乡亲们还是为谭鞋匠找到个如花似玉的姑娘高兴。

开春时，秋月去了一趟县城，买了二斤毛线。此后一有空闲，秋月就拿出毛线在竹针上绕啊缠的，只几天工夫，一件别致的毛衣已经套在谭鞋匠身上，喜得谭鞋匠半天合不拢嘴巴。

桃花红 梨花白

当然，谭鞋匠也有不尽人意的事情，那就是秋月的肚子始终不见动静。张师傅见状悄悄提醒谭鞋匠别光顾着做生意，床上的事也要勤奋点，早养儿子早得力。豆腐西施指点谭鞋匠抽空拜拜观音，请求菩萨开恩送子。李铜匠则劝说谭鞋匠找个郎中看看，生孩子的事情拖不得。每当人们提到这个话题，谭鞋匠的脸上总会闪过一丝落寞，然后不是打着哈哈岔开话题，就是低着头把鞋绳拉得山响。

日子如紫燕掠波般倏地滑过，转眼到了七五年秋天。这天，谭鞋匠一早起床就心慌慌的、空空的，似乎有什么事要发生。果然，响午时分店里来了两位客人，见着秋月抱头痛哭，至此，一段凄美的故事才浮出水面。

原来秋月的父母均是大学教授，"文革"期间被关进牛棚。受父母的牵连，十六岁的秋月初中没毕业就下放到农村。到农村不久，秋月就被"慧眼识珠"的村支书相中。村支书给了秋月两条路，一条是嫁给他儿子，从此吃穿不愁享尽清福；一条是作为"反动权威的狗崽子"，接受审查，游街批斗。秋月无计可施，只有选择逃跑。

那时正值隆冬时节，雪花漫天飞舞，天气十分严寒。谭鞋匠回家取棉衣，巧遇饥寒交迫的秋月。听了秋月的哭诉，谭鞋匠怜意顿生，当即决定暂时收留秋月。秋月开始还有点犹豫，可是看到谭鞋匠一脸的真诚，想想自己又无其他地方可去，便含泪点了头。为了避免麻烦，两人明里称夫妻，暗里为兄妹。共同生活的几年里，谭鞋匠虽然常被一种本能的渴望折磨得夜不能寐，却一直坚守诺言，从未碰过秋月的身子。尤其是当乡亲们对他迟迟没有孩子而生出误解时，谭鞋匠虽然满心冤屈，却只能暗自神伤。谭鞋匠的苦衷秋月看在眼里痛在心上，几次提出假戏真做。谭鞋匠说那哪成，你是个读书人，

第四辑　记忆中，那片海

这里不是你待的地方，鸡窝里养不了金凤凰，我不能害你。

秋月的父母解除羁绊后立马打听女儿的下落，吃辛受苦花了两个多月的时间才找到这里。得知事情的原委，两位教授长跪不起，秋月更是涕泪横流。

后来，秋月的父母同谭鞋匠商量，要带秋月和他一起回城。谭鞋匠摇摇头说，我是吃百家饭长大的孤儿，乡亲们对我有养育之恩，我离不开他们，他们也需要我。停了一会又说，你们把秋月带走吧，她一直念叨着读书的事，如果有可能，让她继续学业。

回城那天，乡邻们都来送秋月。汽车喇叭催了好几次，秋月仍拉着谭鞋匠的手泪流不止，任凭父母劝说就是不松开。谭鞋匠看看天色不早，狠心扒开秋月的手，返身进屋关上大门，秋月这才一步三回头地哭着离开。

送走秋月，谭鞋匠又当上了快乐的单身汉。

（发2009年5月《百花园》，获第八届全国微型小说评比三等奖。）

刺绣皇后

经过五个多月的艰苦努力，一帧长两米，宽一点五米的《梁山好汉图》便横空出世了。在这幅绣品中，梁山一百零八将个个虎虎生威，人人神形兼备。后来这幅绣品经表姐极力推荐也参加了博览会，并赢得国际大奖。

斗龙镇盛产美女，其中徐秋凤尤为出名。曾有人把徐秋凤比成

桃花红 梨花白

红楼中的黛玉，说她集性感、媚惑、古典、书卷气于一身，是斗龙最为动人的女子。

对于这样的比喻，很多人是有异议的。因为她们的家庭出身和生活环境都不属同一范畴，所具有的气质也天壤之别。不过有一点却是公认的，那就是两人都是美人，都有着非凡的才能。

然而自古红颜命苦，徐秋凤也没能躲过这个厄运。还是在小学六年级时，徐秋凤的美就给自己带来不少的麻烦。那时徐秋凤才十四岁，刚刚出落成个小美人，就被一双邪恶的眼睛盯上了。

此人名叫马有为，是公社秘书的公子。马秘书凭着一手好文章端起了公家饭碗，自然深知文化的重要，做梦都希望儿子也能步自己的后尘。可惜儿子不争气，每个年级都要读两年，到十九岁时小学还未毕业。

马有为读书没作为，情商却很发达。学校里但凡有点姿色的女孩子，没一个不是他追逐的对象。待到秋凤初长成时，马有为刚好与她同班。

美人就在身边，马有为岂能放过？！为了能够近水楼台，马有为不顾自己一米八的块头，以帮助学习为借口，硬缠着老师让他与徐秋凤同坐一桌。

初始，徐秋凤不知道马有为的醉翁之意，尽力担负起学习委员的职责，为其指点学习上的迷津。马有为却抓住机遇，不断以金钱和工作为诱饵，试图取得徐秋凤的好感。无奈徐秋凤单纯得如同一张白纸，根本不明白马有为的言外之意。马有为见徐秋凤没有明显的反感，胆子就渐渐大了起来，不仅在课堂上动手动脚，放学路上也围追堵截。徐秋凤终于看清马有为的嘴脸，多次请求老师调换座位。

老师却碍于马秘书的面子，迟迟不采取相应的措施。徐秋凤无计可施，只得含泪离开校园。

得知女儿的遭遇，秋凤父母气愤极了，无奈胳膊拧不过大腿，有泪只能往肚里咽。后来父母合计，决定送秋凤到表姐那儿学刺绣。

表姐是苏州有名的绣娘，秋凤娘俩登门时，表姐正绣着花儿。秋凤俯身望去，只见圆形的绣面上，一泓碧水清澈见底，三二朵荷花色泽分明，四五只水鸟呼之欲出。秋凤暗暗惊叹的同时，一下子爱上了刺绣。此后秋凤拿出读书的劲头，勤学苦练起早贪黑，不出一年工夫，手艺竟与表姐不相上下。

学成归来，秋凤在家中撑起一副"井"字形绷架，天一亮就坐到绷架跟前，两个指头捏着细细的绣花针，在绣面上飞针走线。随着嘣嘣的声响，或是花鸟，或是虫鱼，或是苍松翠柏，或是小桥流水，便在她如葱的手下灵动起来。秋凤用绣花挣来的钱，换来了油盐酱醋和针头线脑，也换来了爹的老酒和娘的头巾。

安稳的日子还没过上几年，贼心不死的马有为竟鼓动他的老子亲自说合来了。面对儿子可以进工厂，女儿可以吃商品粮等诱人的许诺，秋凤的爹终于松了口。谁知秋凤却恨恨地说，即使他马家搬来金山银山也坚决不嫁。马家人见秋凤不为所动，就发狠说只要他们在斗龙一天，就不会让秋凤家好过一天。

此后马秘书果然公报私仇，处处给秋凤家人小鞋穿。看到哥哥多次错过进厂和参军的机会，看到弟弟多次被人无故追打，看到父母愁容满面的神态，秋凤的心就如刀绞般的疼。表姐得知后劝道，别拿别人的罪孽惩罚自己，我就不信他马家人得意一辈子。再说你有拿手绝活，还怕报答不了家人？！不久表姐就帮秋凤接来了许多

桃花红 梨花白

刺绣活儿，让秋凤两耳不闻窗外事，一心一意做手艺。

说来还真神了，秋凤只要一拿起绣花针，所有的忧伤都会忘却，唯有暖暖的情绪在绣针下穿行。

一次，表姐告诉她，厂里正组织人员大张旗鼓地准备出征国际博览会的展品，可惜你不是厂里人，否则攻坚组成员肯定有你一个。秋凤听后心里一动，随即找来相关资料细细揣摩。秋凤想，假如在现有的苏绣工艺上引进湘绣、粤绣、蜀绣等其他工艺，再以油画、国画、工笔画、摄影作品作为创作蓝本，将这些题材与苏绣艺术巧妙融合，把美术中的素描关系、光影变化、透视与色彩的表现手法灵活运用到刺绣中去，这样苏绣不就有了质的飞跃了吗？说干就干，秋凤悄悄拜师，悄悄设计，悄悄制作，经过五个多月的艰苦努力，一帧长两米，宽一点五米的《梁山好汉图》便横空出世了。在这幅绣品中，梁山一百零八将个个虎虎生威，人人神形兼备。后来这幅绣品经表姐极力推荐也参加了博览会，并赢得国际大奖。

登台领奖的时候，颁奖领导握着秋凤的手，赞扬她为国家赢得了荣誉，是一位民间的刺绣皇后。

有了"刺绣皇后"的美名，秋凤的活儿就应接不暇了，所做的活儿厂方不仅免于验收，还给出最高价钱。不久又有远方客人慕名寻来，请求帮助设计产品或制作礼品。有好几次，秋凤的作品还被国家领导人作为国家级礼品赠送给外宾。几年打拼下来，秋凤用劳动所得协助家人盖起了新房，帮助弟弟完成了学业。

秋凤出息了，日子好过了，家人在欣喜的同时又为她的婚事担忧起来。虽说马秘书已一命呜呼，往日的担忧已不复存在，可秋凤毕竟早已过了婚嫁的年龄。秋凤却微微一笑说，你们不用操心啦，

第四辑　记忆中，那片海

我早就有了意中人。父母连忙问是谁家的小伙子。秋凤忸怩了一会说是农具厂的铁匠李。父母一听连连摇手说不可不可，他家太寒酸，人又太老实，嫁给他不等于自找苦吃吗？秋凤说，我嫁的是人不是钱，只要人本分，肯吃苦，就不愁没好日子过。言罢秋凤大大方方找到铁匠李，明明白白表明心迹。

许是想为自己曾经的观点论证似的，在秋凤的婚宴上，一位乡邻得意地说，我说秋凤不同于黛玉吧，黛玉面对多舛的命运只会自哀自怜哭哭啼啼，秋凤却不一样，她坚强自立敢想敢为，她在设计绣品的同时也设计好了自己的人生。

（发2010年12期《百花园》，收入"最美中国小小说文丛"《手艺中国》，获第九届全国微型小说评比三等奖。）

画　师

裕仁生日那天，宋传侠的《竹魂》如期呈上。祝寿的官员听说画作中藏有玄机，一个个把脖子抻成了长颈鹿。谁知涂上药水，现出的竟是"还我河山"四个大字。刚劲有力的魏碑，一笔笔一划划，似匕首如投枪，直刺裕仁心窝。

斗龙画师宋传侠，幼时就善写竹。他的墨竹作品，无论枯竹新篁，还是丛竹单枝，都极富变化，极有神韵。他的一位亲戚，见他对竹情有独钟，就拿出珍藏多年的板桥真迹——《墨竹图》，他一下子就被迷住，直至陪同的父亲多次催促，方依依不舍地离开。

桃花红 梨花白

此后，宋传侠又央求亲戚让他饱了几次眼福。每次，宋传侠都会在《墨竹图》前伫立良久，认真观赏，仔细揣摩，恨不能将其枝枝叶叶全部镌刻进心中。为了达到板桥"心中有竹"的境界，他还在屋前栽植了竹子。每有空闲，便与竹丛为伴，看竹笋破土，听竹叶婆娑，观竹节拔高，闻竹林摇曳。天长日久，笔下的竹子，竟也有了板桥遗风。

板桥的祖籍兴化，距斗龙不过百里。这里的人们，十分崇尚板桥的人品和画作。宋传侠出名后，就有商贩寻上门来，愿意高价收购他临摹的板桥作品，前提必须冠上板桥名号。宋传侠听罢正色道，板桥在我心中无人可比，我岂能为了铜臭欺世盗名。来人见他冥顽不化，连连哀叹可惜，可惜。

宋传侠的"冥顽"让乡人很是感动，从那个时候起，他的作品开始紧俏起来，成为有识之士竞相收藏的佳品。

宋传侠青年时到日本留过学，结识了几位日本友人。其中一位名叫竹山，是传侠的房东。留洋期间，竹山给了传侠很多帮助。那时，传侠就许下诺言，待日后画技成熟，定当涂鸦相报。忽一日，竹山来访，传侠喜出望外。寒暄过后，传侠果真取出笔墨。竹山非常高兴，抢着帮助研墨。传侠提起画笔略一思索，便笔走如飞，只一个时辰，一对翠竹就跃然纸上。细雨霏霏中，那对翠竹相互依托，并肩挺立。实中带虚的竹节，挺拔劲健的竹竿，潇洒秀逸的竹枝，轻盈自如的竹叶，直把翠竹临风擎雨时的安然表现得淋漓尽致。

画罢竹子，传侠又饱蘸墨汁，在画作的右上角，用俊秀流畅的行楷，写下了"兄弟"二字。

传侠题跋时，竹山在旁连连提醒，传侠君，请在"兄弟"前面加上"墨竹"。

这个……行吗？传侠面有难色。

怎么不行？君善写墨竹，弟酷爱墨竹，题跋"墨竹兄弟"，岂不是最好的诠释？

传侠欣然应允，大笔一挥，"黑竹"二字便横空出世。竹山刚想质疑，传侠先声夺人，"墨"即"黑"，"黑"即"墨"也，一个意思，一个意思。

后有人问起此事，宋传侠笑笑说，我与竹山虽然私交很深，但他毕竟是个日本人，我怎能将大唐之土馈赠给一个异邦客？！

一九三九年秋天，日本鬼子攻进了斗龙镇，烧杀抢掠，无恶不作，把一个好端端的鱼米之乡，折腾得满目疮痍，民不聊生。

一日，鬼子队长宫本一郎笑眯眯地来到宋传侠家中，未成开口先行了个九十度的大礼。宋传侠知道，宫本是黄鼠狼给鸡拜年——没安好心。开场白后，宫本果然话题一转，说裕仁天皇即将四十华诞，恭请大师即刻绘就一幅墨竹，作为天皇寿诞礼品。宋传侠说应该应该，只是给天皇的寿礼马虎不得，须精心准备才是。宫本见宋传侠一口应承，高兴极了，连声说幺西幺西。

半个月后，当宫本如约而来时，宋传侠的《竹魂》已然完成。四尺宣纸上，一枝崖竹凌空悬挂，竹竿如劲弓满引，欲屈还伸；竹叶似怒剑横施，将吞骤吐。综观全图，竿、节、枝、叶笔笔相应，一气呵成。更有那题跋"竹魂"，笔锋犀利遒劲，与墨竹相互衬托，相得益彰，使得整个画面，越发气势逼人。

宫本乃一介武夫，哪里见过如此震慑人心的作品，直惊得目瞪口呆，啧啧称奇。宋传侠却指着画作中的留白说，太君，那些不过

桃花红 梨花白

是些雕虫小技，真正的亮点在这里，为了给天皇一个惊喜，我用米汤写了一句贺词，这句贺词需用碘化钾才能显示。言罢拿出一瓶药水，用笔饱蘸后涂向留白处。药水所到之处，飘逸的小篆一笔一画显示出来，宫本定睛一看，竟是"天皇万岁"。幺西幺西！宫本手舞足蹈，大喜过望，不料将一旁的墨汁泼洒到画作上。惊惶间，宋传侠连忙说不碍事，我重画一幅便是。再说了，掩藏的祝福须在天皇面前显现才会妙趣横生。宫本跷起大拇指说，幺西幺西，还请宋君多多费力。

裕仁生日那天，宋传侠的《竹魂》如期呈上。祝寿的官员听说画作中藏有玄机，一个个把脖子抻成了长颈鹿。谁知涂上药水，现出的竟是"还我河山"四个大字。刚劲有力的魏碑，一笔笔一划划，似匕首如投枪，直刺裕仁心窝。

消息传到斗龙镇，正企盼着升官嘉奖的宫本大惊失色。宫本自知罪责难逃，临死前还想拉个垫底。谁知待他气汹汹地扑来时，宋府早已人去屋空，唯有那一丛竹子，在替主人守护着家园。

（发2013年8月《雨花》、2013年第18期《小小说选刊》转发、2014年第14期《青年博览》，获第十一届全国微型小说评比三等奖。）

老箍桶匠

抗婚事件过后，人们渐渐发觉，周古猿不仅不近女色，还不进澡堂洗澡，不同别人一起如厕，于是私下里猜测，说他要不是个"阴阳人"，要不就是发育不全。

▶ 第四辑 记忆中,那片海

古稀的门脸,古老的手艺,古怪的脾气,就连名字都透着古远的气息,老箍桶匠周古猿的木器店,就像一块古色古香的老玉,镶嵌在时尚成风的斗龙小街上,自成一景,引人注目。

清晨,夜雾还未散尽,周古猿的木器店就响起"乒乒乓乓"的敲打声。明亮的灯光下,周古猿坐在一堆木屑中,或刨料,或打箍,或锯板……七十多岁的人了,手指仍十分灵巧自如,就像他做的活儿,圆圆的溜溜的,给人一种圆满的感觉。

不知是对老店主的顾及,还是对传统木器的怀念,小镇上的现代化虽然比比皆是,但是很多街坊还是钟情于木盆木桶木便器。

每有客人上门,周古猿就会丢下活儿,给客人让座倒茶。来人大多是回头客,他们有的是来做木盆或是修木桶,有的是来串门唠家常。安顿好客人,周古猿就会坐回原处继续忙乎。客人则一边品茶聊天,一边看他干活。到了吃饭时分,周古猿会挽留客人一同就餐,小菜照例是咸菜烧豆腐、生姜卜页丝。每当此时,客人总会叹息,老周啊老周,早听人一句劝,何至于这般苦!

周古猿是外乡人,来斗龙镇时还不满十七岁。那是四五年初春的一个凌晨,喜欢早起的汉山老伯刚打开门,两个蜷缩在门洞里的孩子就倒了进来。汉山老伯连忙生柴火熬姜茶,折腾了半天两个孩子才暖和过来。之后大一点的孩子说自己叫周古猿,父母都死在日本人手里,家里只剩下他和弟弟,弟弟才七岁,是个哑巴。汉山老伯孤身一人,见两个孩子无处可去就收留了他们,并让他们跟着自己学箍桶手艺。经过几个月的见习,两个孩子很快就成了汉山老伯的好帮手。看着父子三人的相依相随,乡邻都羡慕汉山老伯好心得了好报。

桃花红 梨花白

一日，周古猿对义父说弟弟的衣服嫌小了，想带他到街上重做一件。当时日本人已经投降，一家人的日子好过了许多。汉山老伯就拿出一块大洋，叮嘱周古猿也给自己做件衣裳。兄弟两个离开不久，汉山老伯的心就莫名地慌乱起来。于是汉山老伯就不断到村口张望，直到傍晚时分，才等回两眼红肿的周古猿。汉山老伯见周古猿一人回来就问道你弟弟呢？周古猿吞吞吐吐地说丢了。汉山老伯说小街就那么大，怎么会把人丢了？走，咱现在就找去。周古猿一把拉住汉山老伯说，爹，别找啦，您找不到他的……汉山老伯更加奇怪了，说一个大活人怎么说丢就丢？莫不是你搞的鬼？你说说看，究竟是怎么回事？古猿"扑通"一声跪下来，任凭义父发问不再言语一句。

周古猿刚到斗龙那会，就给人留下许多谜团。比如周古猿说他和弟弟是亲弟兄，可人们怎么看都不像。比如周古猿说他弟弟是哑巴，却有人看见他们俩说过话。再有这一次，早上兄弟俩好好的出门，晚上回家却少了一个。好在周古猿留给人的印象不错，加之他又是个孩子，乡亲们才没有过多的追究和为难。

日子像指间的流水，一晃，周古猿已长成个大小伙子。这个时候的他玉树临风，气宇轩昂，成为众多姑娘追求的偶像。可是当人们前来提亲时，周古猿总是一口回绝，不给对方留半点余地。汉山老伯看不下去，说你也老大不小了，有合适的就应了吧，我还等着抱孙子呢。周古猿却说爹，除了这件事，我什么都依您！汉山老伯说，你这是何苦呢？结婚是人生大事啊。周古猿说爹，您就别问了，反正我不能答应。

抗婚事件过后，人们渐渐发觉，周古猿不仅不近女色，还不进澡堂洗澡，不同别人一起如厕，于是私下里猜测，说他要不是个"阴阳人"，要不就是发育不全。

1960年秋，相依为命十几年的义父遗憾地离去。闭眼前，义父拉着周古猿的手说，孩子，我知道你不娶自有不娶的理由，可是你今后一个人过日子，让我怎么放心啊！听罢老父的话，周古猿泣不成声，泪雨滂沱。

二十世纪八十年代末，周古猿已进入花甲年龄。这个时候他的身体已大不如前，于是决定结束四处觅活的游走生涯，到斗龙街上安营扎寨。盖房时，周古猿对工匠们说箍桶是个古老的行业，门面也应该与它对应。工匠们尊重他的意愿，给他建了个具有古代园林特色的两层小楼。还别说，小楼落成后别具一格，惹得路人纷纷注目。

从此，周古猿就在他的小楼里接待顾客，忙碌生意。弹指间，两千年钟声已经敲响。一日，周古猿正干着活儿，一辆轿车"吱"的一声停在门前。车门开处，一位老人敏捷地钻了出来。老人朝周古猿深鞠一躬，然后搂住周古猿哭喊道，哥，哥，我是小弟呀，我是你收留的日本弟弟呀……至此，困扰了人们多年的谜团终于解开。

时间回溯到五十八年前。一次，日本鬼子进村扫荡，抓住了尚未来得及转移的周古猿一家。丧心病狂的鬼子在杀死周古猿的父母和弟弟后，又狞笑着将周古猿的命根割下。周古猿醒来时，伤口已被一位日本军医缝合。日本军医用半生半熟的中国话对他说，你不要怕，我只是个医生，与他们不同。撤退时我看到你还有气息，就悄悄潜了回来。大和民族对你们犯下了滔天罪行，我为此深感痛心和羞愧。可是我无力制止战争，只能为你减轻些痛苦。说完还塞给他一把药片。

日本军医的救治不仅挽留了周古猿的生命，也让他懂得日本人

桃花红 梨花白

不全是坏人。半年后，他的家乡又发生了一次激烈战斗。枪炮声停息后，战场上尸横遍野，一片死寂。突然，一声哭叫划破天空，将正从此经过的周古猿吓了一跳。周古猿循声过去一看，一个七八岁的男孩趴在一具死尸上，死者正是救治自己的日本军医。那个孩子听到动静惊恐地抬起头，无助的眼神像极了死去的弟弟。周古猿心里一颤，就将那个男孩带回了家。

乡亲们听说周古猿带回个日本孩子，纷纷指责他忘记了血海深仇，要求他交出日本孩子祭奠死去的亲人。面对乡亲们的愤怒，周古猿沉静地说明了原因，末了请求让他照顾这个孩子一晚，第二天再交给大家处置。乡亲们离去后，周古猿立即带着男孩逃离家乡。为了防止意外，周古猿让男孩扮成哑巴，并宣称他们是弟兄。日本投降后，周古猿听说政府正在遣返日本遗孤，就瞒着义父把那个男孩送到遣送站。这么多年来，周古猿一直在痛苦中挣扎着。每当想起死去的亲人，想起自己遭受的奇耻大辱，想起乡亲们的误解和猜测，他的心就像刀绞一样。他之所以固守这些秘密，除了防备日本男孩遭遇不测外，另一个原因就是不想把痛苦转嫁给恩重如山的义父，转嫁给关心自己的乡亲们。

周古猿的话字字血声声泪，震惊了现场所有的人，也震惊得老天变了脸。周古猿却长长地舒了口气，脸上是少有的释然和安详。

（发2013年第8期《雨花》，获第十一届全国微型小说评比三等奖。）

第四辑　记忆中，那片海

张裁缝

儿子的推心置腹，让张裁缝彻底没了脾气。经过几个月的苦打苦拼，儿子终于以一套热情奔放的"黄海风情"，为斗龙捧回第一个服饰设计大奖。

在商铺林立的斗龙小街上，张裁缝的店子没什么特别的，都是一样的两层小楼，一样的建筑风格，一样的装潢设计。如果真要找个什么与众不同的话，就是古色古香的招牌。招牌由一块两尺见方的紫檀制成，上面刻着"张裁缝制衣"五个金色魏碑。从招牌的包浆及字迹剥落的程度看，已很有些年头。

据讲，张裁缝的太爷爷曾在皇宫里呆过，为皇帝的嫔妃们专制裙袍，因手艺精湛，得赐御书"张裁缝制衣"。清朝灭亡后，张裁缝的太爷爷辗转回乡开了个裁缝店，并拿出珍藏多年的一方紫檀，聘请名匠仿照御书精心制作了匾牌，然后传家宝般传到今天。

当然，典故出自张家之口，是否属实并未考证。不过张裁缝的手艺确实非同一般，无论什么样的布料，只要经他的手一抚弄，立刻变得华美灿烂起来。

张裁缝六十一二岁光景，态度和蔼得很，见人不笑不开口，说话温声细语的，生怕把人吓着。

通常情况下，张裁缝总喜欢在鼻梁上架一副老式眼镜，脖子上挂一根皮尺，跟旧时的老裁缝一般无二。只是那根皮尺通常是聋子

185

桃花红 梨花白

的耳朵——摆设，有顾客上门裁剪衣服，他只需用眼睛扫视一下就行了，做出来的衣服没有一件不合身。

有位外地商人，慕名请张裁缝做了一套西服，谁知拿到衣服时，发现前襟比后襟短了一大截。商人刚想发火，张裁缝连忙说别急，先穿上试试看。商人套上衣服到穿衣镜前一看，竟合身的不得了。原来商人是个驼背，如果照正常人裁剪，做出来的衣服势必前长后短。商人过去一直为买不到合体的衣服而犯愁，见识了张裁缝的手艺后又惊又喜。从此商人只要添置衣服，必定首选张裁缝，十几年来一直不变。

张裁缝的儿子，在一个三流大学研修美术。起先，张裁缝很想让儿子跟自己学艺，无奈儿子心气太高，非要在书画界混出个名堂不可。于是求学期间，儿子就蓄起了胡须，留起了长发，不相识的见了，以为真的是位艺术家呢。

张裁缝见儿子男不男女不女的样子，忍不住说了几句。谁知儿子回道，这就是时尚，就是品味，懂吗？谁像你，都二十一世纪了，还架着个老眼镜，系着条蓝围裙，搞得跟原始人似的。

见儿子如此说话，张裁缝很是生气，有心要教训一下，手举到半空又轻轻放下。张裁缝中年才得一子，喜得不知道如何宠爱才好，哪里舍得动一指头。

儿子毕业后，果真雄赳赳气昂昂地寻梦去了，只是因为修行不够，摸爬滚打了好几年，始终没能走进艺术殿堂半步，最后不得不投到父亲麾下。

旧时，学裁缝要先当三年学徒，俗称"吃三年萝卜干饭"。学徒每天除了为师傅打下手外，有的还要为师傅"倒尿钵"、做杂活。

第四辑 记忆中，那片海

学艺时，徒弟一般是站在旁边看，师傅是不会手把手教的，所以能不能学成手艺，全靠个人资质。张裁缝以前曾带过几个徒弟，因太过死板和严格，徒弟们忍受不过，均打了退堂鼓。

接收儿子为徒后，张裁缝吸取以往的教训，躬下身子向当教师的外甥学习，以平等的、对话的、相互作用的方法与儿子沟通，很快将儿子调理得顺顺当当。儿子此前虽未碰过针线，但由于出身裁缝世家，骨子里早就渗进家族特有的潜质和灵巧，因此学起来要比别人轻松得多。

儿子成为小张师傅时，张裁缝已七十有三，早已过了退休的年龄。可是退下来的张裁缝，怎么都静不下心来颐养天年，似乎一天不往店铺跑，店铺就一天开不了门。当然，张裁缝的牵挂不是空穴来风，儿子虽然操起了裁剪刀，却时常显出不甘心的样子。张裁缝生怕儿子半途改变主意，让自己白欢喜一场。再有儿子毕竟嫩了点，难免不犯点什么差错，有自己盯着守着，就可以将意外降到最低程度。

真是怕什么来什么，出师不久，儿子就玩起了花招。比如裁剪衣服，儿子动剪前总要先画出图样，涂上色彩，让客人先饱个眼福。比如儿子每有满意作品，不是拍下照片四处投寄，就是套在模特身上故意卖弄。最让张裁缝受不了的是儿子还不务正业，兼起了职业中学的缝纫班教师。张裁缝倒不是担忧儿子教会了徒弟饿死了师傅，而是怕他分心，影响生意和技艺。怕他在文人堆中受到影响，再次想入非非。

半年前，儿子不知受谁撮弄，竟然闭门谢客，搞起了什么时装设计。看到儿子的脸一天天消瘦，看到顾客拿不到衣服时的失望，张裁缝终于忍不住了，指着儿子的鼻子说你就折腾吧，这个店子早晚会被你折腾完。儿子说爸，我这是形势所迫啊，您看，现在各种

桃花红 梨花白

时装店如雨后春笋，直接选购服装已成为人们的一种习惯，如果我们再不打出自己的品牌，只怕要不了两三年，就会被淘汰。爸，难道您就忍心看着店铺一天天衰落？

儿子的推心置腹，让张裁缝彻底没了脾气。经过几个月的苦打苦拼，儿子终于以一套热情奔放的"黄海风情"，为斗龙捧回第一个服饰设计大奖。

儿子成才了，张裁缝的心终于放下来。正当张裁缝准备彻底丢手让儿子大干一场时，儿子却真的犯起了混。儿子是学美术的，有着独特的审美观。功成名就后，儿子总感到哪儿不对劲，静下心来想一想，发觉问题出在招牌上。儿子觉得招牌又小又老土，没有一点视觉冲击力，就想把牌子换掉。张裁缝一听叫道，什么？换了？有病吧？牌子是老祖宗留下的，没有它哪有张家的今天？

儿子说服不了父亲，就趁着父亲走亲戚的机会，亲自设计亲自动手，做了一个很大的招牌，上书"张扬服装设计工作室"，让自己的名字在门楼上熠熠生辉。

张裁缝见儿子背着自己更换招牌，气得直跺脚，你，你，你这个不孝子，总有一天你会后悔的。

张裁缝的话果真应验了。"改名更张"后，小张师傅不仅没能看到自己期望的效应，反倒惹来不少非议。尤其郁闷的是几位外地客户，被人引领到小张师傅面前时，居然只认牌子不认人，说"张扬服装设计工作室"不是正宗的"张裁缝制衣"。

沉重打击下，小张师傅终于清醒了，于是在一个没人注意的夜晚，将老牌子悄悄安了回去。

（发2012年9月《参花》，获当月参花文学月奖短篇小说二等奖。）

第四辑　记忆中，那片海

乡村设计师

　　俊朗只要一摆开阵势，村人就会围拢过来。打碱，搓揉，拿捏，清洗。俊朗的手指在客人头上恰到好处地游走着，一套动作下来，顾客已舒服得打起了呼噜。

　　俊朗是喝斗龙河水长大的农家孩子，十八岁时，就已是响当当的剃头匠。什么光头、平头、分头、桃子头、马盖头，娃娃头，凡是能说得出的发式，俊朗几乎无所不能。

　　那时，俊朗的"行头"特别简单，一片绿荫，就是他的工作场所。一刀，一椅，一盆，就是他的全部家当。

　　俊朗只要一摆开阵势，村人就会围拢过来。打碱，搓揉，拿捏，清洗。俊朗的手指在客人头上恰到好处地游走着，一套动作下来，顾客已舒服得打起了呼噜。

　　头发洗干净后，俊朗拿出明晃晃的剃刀，在油光光的帆布上来回刮几下，再在顾客的头上、脸上游刃有余地扫荡起来。只两袋烟工夫，一个全新的形象便诞生了。难怪有人把俊朗的手艺形容为"天下头等大事，世间顶上功夫"！

　　有了点积蓄后，俊朗同爷爷商量，想到斗龙镇上开个剃头店。爷爷眼珠子一瞪，怎么，想显摆了？自古哪个手艺人不是一副担子四海为家？就你会折腾！有那闲钱还不如娶房媳妇踏踏实实过日子。

　　俊朗当时已二十多岁，同他差不多大的人早已娶妻生子，俊朗

桃花红 梨花白

因为从小父母双亡，奶奶又是个残疾人，生活一直很艰难。曾有人给俊朗介绍过对象，可人家看到俊朗家徒四壁，就打了退堂鼓。加之俊朗出生于二十世纪五十年代末，孩童时的生活留给俊朗的印记是身材矮小，体弱多病。俊朗除了手艺出众外，其余确实没啥可炫耀的。为了俊朗的婚事，爷爷奶奶愁得整宿睡不着觉。

俊朗见爷爷想不开就说道，爷爷，我是为大伙着想呢。您也看到，因为没个店铺，常常会发生卖主逗不到买主的情况，怠慢了乡亲们不算，还丢掉了许多生意。如果有了店铺，乡亲们随时都能找到我，而我也不用走街串巷招揽生意，这不是一举两得的好事吗？

爷爷见孙子的话在理，也就不再坚持。不久，"俊朗理发店"便在斗龙镇开张。果如俊朗所言，店铺一开张，顾客就络绎不绝，俊朗常常忙得连上厕所的时间都抽不出。

看到俊朗的生意如此红火，人们纷纷效仿，很快，"永强裁缝店""吉记铜匠铺""常乐修车行"等店铺也雨后春笋般相继出现，至此，小镇的人气才真正兴旺起来。

俗话说有了金窝窝，不愁引不来金凤凰。一日，村支书的女儿金兰悄悄找到俊朗，说是要拜他为师。金兰是村里有名的美人，也是俊朗暗恋了多年的人儿。如今美女主动登门，俊朗自是求之不得。从此两个人朝夕相处，很快就撞出爱情的火花。一年后，当金兰学成满师，他们的爱情也瓜熟蒂落。

看到俊朗终于成家立业，爷爷才长舒了一口气。谁知这时，俊朗又折腾着要进城学艺。俊朗说，现在人们的日子好过了，对精神生活的要求也提高了，而发型设计是一门综合艺术，如果不出去学习，会跟不上时代的步伐。爷爷虽然舍不得孙子离乡背井，可是腿子长

第四辑　记忆中，那片海

在孙子身上，爷爷除了叹息一点办法也没有。

俊朗两口子通过朋友介绍，进了省城一家大型发廊。在那里，俊朗第一次懂得，发型不仅要符合人的头型、脸型、五官、身材、年龄，还要与人的职业、肤色、着装、个性、季节、实用性和时代性相关。第一次知道，烫发竟然有编织烫、螺旋烫、银丝烫、离子烫等诸多类型。

感叹之余，两口子如一块海绵，拼命吸取知识的营养，仅半年工夫，就能熟练掌握多种技术，成为业务骨干。

五年后，两口子怀揣着打工挣来的八十多万元钱回家创业。此时，家乡小镇已同城市没有二样：街道两旁店铺林立，顾客如云；水泥大道四通八达，人来车往；河滨公园亭台楼阁，鲜花争妍；农民公寓新潮美观，高大气派……

俊朗顾不上欣赏家乡美景，行李一放下就忙碌起来。不久，一座建筑面积一千多平方米，装潢考究别致的"俊朗发型设计中心"，就在喧天的锣鼓鞭炮声中开张营业。俊朗根据科学的设计理念，为顾客提供周到的服务，让每一个顾客都能乘兴而来，满意而归。俊朗还为顾客精心准备了休息室，让顾客在等待的过程中一边品尝香茗，一边欣赏电视节目。不用说，俊朗的发型设计中心一成立，便倾倒了八方宾客。俊朗趁势而上，又在周边市县建立连锁店，将良好的服务辐射到更远的地区。

看到俊朗如此出息，爷爷开心极了，梦里都忍不住地笑。忽一日，爷爷惊闻俊朗接受邀请回家当村干部，就气呼呼地问他是不是脑子进了水，放着好好的设计师不当，回过头来当农民。

俊朗解释道，建设家乡，美化家园，不也是个设计师吗？况且

191

桃花红 梨花白

大家这么信任我，我怎能辜负大家的厚爱？

（发 2010 年第 7 期《岁月》，获盐城市文联、盐城晚报举行的"盐城新韵"文学征文竞赛三等奖。）

母亲的货郎担

一年后，母亲又把我们叫到跟前。母亲说，你们刚买了新房，手头不宽裕，妈也帮不了大忙，这点钱，你们先用着吧，说完将三个红包推到我们面前。

母亲的货郎担是一对精致密实的柳条筐。柳条筐两头大中间细，束腰处搁块圆形木板，将其分为两档。框子上有盖，下有高脚底，既可遮风挡雨，又可防潮阻湿。每隔两年，母亲就会给筐子刷一次漆，因此无论何时，筐子都闪耀着古朴的光泽。

听姑姑说，母亲挑着货郎担第一次出现在斗龙镇时，就引起不小的震撼。那时，年轻的母亲好比画中的人儿，面如满月，色若春花。乡下后生何时见过如此标致的女子，于是一个个眼热心跳。父亲在这帮后生中鹤立鸡群，能干厚道不算，还是村里唯一的秀才，结果不言而喻，父亲成了母亲的东床。结婚那天，父亲当众承诺，要给母亲一个温暖殷实的家，让母亲不再四处漂泊，风吹雨打。之后母亲的货郎担果然束之高阁，成为一段记忆，一个摆设。

听罢姑姑的描述，我脑海中常常出现这样一幅画面：一位年轻美丽的女子，挑着货郎担，摇着拨浪鼓，轻盈地行走在乡村小路上。

第四辑 记忆中，那片海

女子的身后，有招呼着要购买针头线脑的村人，有拿着破铜烂铁呼喊着要换砸糖的娃娃，还有偷偷觊觎美色的毛头小伙子……

后来的情况是谁都想不到的，也是大家不愿看到的，那就是父亲没能信守承诺，在而立之时，就被病魔匆匆掳去，将家庭重担压到母亲肩上。

父亲离去时，奶奶已瘫痪在床，我们兄妹三人，一个九岁，一个七岁，一个才五岁。望着老弱病残一家人，奶奶整日以泪洗面，邻里无不摇头叹息。母亲跺跺脚说，娘，人死不能复生，活着的还要过下去，咱不能总这么哭哭啼啼的，咱如果再倒下，孩子们怎么办？

母亲的话是伴着泪一字一句吐出来的，坚毅、镇定、落地有声。奶奶果然安静下来，只是眼中仍是茫然。因为那时一个工分才几分钱，母亲即使一天二十四小时不睡觉，也难以养活一家人。在这样的情形下，母亲唯一能做的，就是不得不让父亲背信弃义，不得不让我的设想成为现实。

母亲的货郎担仍以砸糖为主，那是母亲的拿手绝活。凡是品尝过的，无不啧啧称赞。

"砸糖"就是麦芽糖，主要原料是米、麦和豆粉。母亲对砸糖的原料很是考究，受潮变质的，籽粒不饱满的统统剔除。母亲说，现在商店都开到了家门口，哪里还需要货郎担？乡亲们分明是照顾咱们生意呢，咱可不能昧了良心。因此母亲在制作砸糖时总是拣了又拣，淘了又淘。

曾多次目睹母亲制作砸糖，那是个既复杂又累人的活儿。母亲先将大米碾好晒干，再与大麦一同放入锅内蒸煮。煮熟后倒入缸内焖上，待缸内发出"卜嗵卜嗵"的声响，母亲就抽出缸底漏眼，让

193

桃花红 梨花白

白色糊汤通过漏眼流入下面的内缸。接着母亲又将过滤好的糊汤倒入锅中熬制，并不断搅动直至变成乳白色糖稀。之后母亲还得按比例称出一定分量的豆粉，将豆粉放入锅中不停地翻炒，待豆粉炒熟后兑上适量的水和白糖，再拌入糖稀中进行冷却、分割，最后擀成一块块面盆大小的形状，并撒上面粉或山芋粉，砸糖才算真正做成。

每天清晨，母亲总是早早起床，先侍候完一大家子的吃喝拉撒，再备好中午的饭菜，然后才极不放心地挑起货郎担。

下午放学回来，母亲必定是灶前灶后、院内院外地忙碌着。而早晨挑出去的一担商品，也已变成杂七杂八的废品和零零碎碎的毛票。晚饭后是母亲最辛苦的时刻，母亲的砸糖大多是在这个时候制作，然后还要缝缝补补，还要给奶奶失去知觉的肢体进行热敷和按摩，做完这一切，夜半的钟声已经敲响。

一日，母亲出门才个把小时，老天就变了脸。先是狂风大作，紧接着暴雨倾盆。我知道母亲走得匆忙，未带任何防雨工具，就拿出雨伞要去迎候。奶奶死死拉着我的手说，娃啊，使不得，天地这么大，你去哪儿找？奶奶的话没有错，母亲的足迹遍及四乡八村，要想找到还真不易。于是我们只能眼睁睁地看着大雨如注，只能在心中为母亲默默祈祷。

下午，母亲返回家，身上果然湿淋淋的。我们心疼得热泪奔涌，母亲却像没事人似的。在此期间，少小的我们曾多次伸出稚嫩的手，想帮母亲分担分担。母亲却推开我们的手说，你们的任务就是读书，你们把书读好了，就是对妈最大的帮助。于是那些年来，母亲就像个中柱一样，独自支撑着这个家，日复一日，年复一年。母亲用她的货郎担，让奶奶羸弱的生命得以延续，让我们能够像别人家的孩

第四辑 记忆中，那片海

子那样健康成长。

早在读书期间，我们就暗暗约定，将来一定要好好报答母亲，让母亲有个幸福安逸的晚年。参加工作后，我们立即付诸实施，再三游说。在我们的请求下，母亲不得不再一次结束游走生涯，将货郎担束之高阁。

可是母亲是个劳碌惯了的人，一闲下来就浑身不舒服。因此当我们先后成家有了孩子后，母亲又依次给我们当起了保姆，谁要是不答应就跟谁急。

转眼间十几个年头又滑了过去，我们的孩子已相继入学，而这个时候的母亲也成了耄耋老人。一日，母亲慎重地把我们召集到身边，说我们的孩子都已长大，她已没有牵挂，她想回老屋住上一段时间，陪陪我们的父亲和奶奶。言罢登上早已候在门外的出租车，将面面相觑的我们一股脑儿丢下。

不久，妹妹的电话打了过来。妹妹在电话中气急败坏地说，哥，你知道妈急着回家干啥？挑货郎担，重操旧业！你说，妈这不是让我们难堪吗？

妹的话让我吃惊不小，妈怎么啦？是孤独？是我们不孝敬？还是别的什么原因？我决定立即回家探个明白。

经村人指点，我在斗龙镇的步行街上找到了母亲。那是小商贩聚集的地方，母亲安坐其间，一边招呼着生意，一边同熟人谈笑着。两只柳条筐静立在母亲跟前，上面陈列着母亲亲手制作的砸糖。砸糖已非原先模样，母亲将其切成小小的块头，用好看的塑料袋仔细包装着，一袋子一块钱，既方便又卫生。

母亲的生意十分兴隆，凡是经过的，总要买上一两袋。我悄悄

桃花红 梨花白

地从一位顾客手中讨得一粒糖块,细细品尝,果然又脆又香,妙不可言。

看到母亲如此充实和快乐,我们终于放下了心。我想,母亲为我们操劳了一辈子,或许顺着她老人家才是最好的孝敬。

一年后,母亲又把我们叫到跟前。母亲说,你们刚买了新房,手头不宽裕,妈也帮不了大忙,这点钱,你们先用着吧,说完将三个红包推到我们面前。

望着三个鼓鼓的红包,我想任何语言大师都难以描述我们此刻的心情。我们除了让泪水尽情流淌外,便是相依在母亲身旁,让母亲因为自己的奉献而满足,而愉快,而舒坦,而幸福……

(发2011年1月27日《盐城晚报》,获《盐城晚报》"幸福一家亲"亲情故事征文三等奖。)

按错爱情密码后

发现留言时,已是次日清晨。看罢留言,你连忙拿出手机查看,这一看你傻了眼。原来,你将"5201314"拨成了"5201413",原来,你反复呼唤的竟是自己!

月亮在云朵间时隐时现,静谧的村庄偶尔有几声婴儿的啼哭和狗儿的轻吠。你长长地叹了口气,收回远眺的目光,撤下冰凉的饭菜,默默地打开电视。电视节目仍然是你钟情的《大长今》,不过今天你却没了半点兴趣,脑海中闪动的全是强的声音和身影。

第四辑　记忆中，那片海

　　强是三天前带领村民到海边护堤的，临走前他给你留了言。强在留言中说："叶子，都是我不好，不管怎么说动手打人都是不对的，护堤回来听凭责罚。动用那笔钱前我确实多次跟你联系，可你的手机总是忙音。秋禾的房屋是危房，如不修缮很可能会在台风中坍塌。我是村支书，不能眼看着村民有困难视而不见。再说秋禾是我们俩的同学和姐妹，她有困难我们更不能袖手旁观！好了，该出发了，具体情况回来向你解释。永远爱你的强！"

　　你发现留言时，已是次日清晨。看罢留言，你连忙拿出手机查看，这一看你傻了眼。原来你将"5201314"拨成了"5201413"，原来你反复呼唤的竟是自己！

　　你是在难以名状的痛苦中熬过这三天三夜的。三天中你不知把自己骂了多少遍。今天当你听说台风已经过去，护堤的人们即将回来，你特意从镇上买来强爱吃的带鱼对虾和时令蔬菜，精心制作了一桌菜肴。你想以此赎回罪过，你更是心痛强的不易和艰辛。自从与强走上红地毯，强一直把你当成手心的宝，事事让着你，活儿抢着做。饿了，你会闻到扑鼻的菜香；渴了，你会接到浓郁的香茶；累了，强的胸脯就是你的温床；病了，强恨不能把疼痛挖到自己身上。依偎在强的怀抱，你常常幸福地吟唱，当多年以后，我们不再拥有梦想的时候，听着那首《最浪漫的事》，陪你在一起慢慢变老。

　　想到这里你眼睛湿了，心里热乎乎的。"5201314""5201413"是你婚前特意申请的两组手机号码，是你送给自己和强的结婚礼物。我爱你一生一世，我爱你一世一生，它是你真情实感和美好心愿的表露。新婚之夜，当你双手捧上那款蕴含特殊意义的彩屏手机，情意绵绵地告诉强号码为"5201314"时，强被你的爱情创意深深打动，

桃花红 梨花白

一把将你拥入怀中。婚后你们这对知心爱人只要分开片刻,甜蜜的话语便顺着这条爱情通道甜甜地、暖暖地传来传去、传去传来。

"5201314""5201413"这两组数字完全相同,次序稍有区别的号码是你和强的一个约定,即使闭上眼睛决不会拨错。可是这次怎么会出现意外呢?你想啊想啊终于想起来了。那天参加完麋鹿笔会走出市作协大门,你拦下了一辆的士。你听说市电信局正在举行"首付288,惠普电脑抱回家"展销活动,爱好写作的你便想趁机圆了自己的电脑梦。另外强的那辆破自行车也到了退休年龄,疼爱强的你早有帮强更换坐骑的想法。于是一上车你就掏出了手机,你想让强早点知道你的宏伟计划,你想让强带着钱早点赶来。想到你们俩开着崭新的摩托,抱着心仪的电脑,夫妻双双把家还的幸福情景,你的脸灿烂成一朵花。就在这个时候,你觉得车子颠了一下。也许就是这个巧合,使你按键的手指错了位,把"5201314"拨成了"5201413"。"差之毫厘,谬以千里",于是一个错误就这样诞生了。

到了电信大楼,你发现电脑促销活动将于当日中午12时告一段落。时间太紧了,紧得容不得你重新拨号,何况你根本没想到已按的号码有问题,因此仍然不停地按重复键。时间就这样在你的企盼和失望中一分一秒地过去,当你意识到奇迹不会发生时,强的信息却跳了出来:"叶子,秋禾修房还差点钱,我已把咱家的钱拿给秋禾应急了。本想与你商量后再做决定,可你手机一直占线,情况紧急只好先斩后奏了。叶子,你不会介意吧?爱你的强!"

"爱你个大头鬼"!本就不快的你犹如火山爆发。你以为所有的疑虑已得到证实,你以为秋禾就是制造事端的罪魁祸首。于是你心中的"魔"迅速膨胀起来,并瞬间淹没你的理智,唆使你疯一般

第四辑 记忆中，那片海

地追到秋禾家中，将心中的不满变成狠毒的语言，连珠炮地砸向莫名其妙的强。闻声出来的秋禾热情地同你招呼，你便掉转枪口恶语中伤。于是秋禾流了泪，强扬起手。而你则像一头暴怒的狮子，痛哭着冲了出去。

独自踯躅在村外，你的情绪降到了冰点。你在心中狠狠地咒骂着强和秋禾，你甚至想到报复，想到解脱。与此同时，另一个声音也在顽强地响起：忍一时风平浪静，退一步海阔天高，千万别做不可挽回的傻事！于是你又想，也许是自己捕风捉影，也许事情不是想象的那样。两种意念在你脑中不停地较量着，最后理智占了上风，神使鬼差般地将你护送回家，接着你便看到了留言，便开始了忏悔。

你自己都很吃惊，一个热情开朗的女孩怎么会变成疑神疑鬼的怨妇。你意识到这都是那个"魔"作的孽，不把那个"魔"铲除掉，心情永远不会晴朗。然而当你真的直面那个"魔"时，发现事情其实很简单。你、秋禾还有强是近邻，从小学到中学你们都在同一个班读书，好得跟一个人似的。读高三时，你和秋禾同时爱上了强。只是性格腼腆的秋禾将爱深藏于心，而你则大胆地向强表露了心迹。事后你觉得有点愧对秋禾，为了补偿，你曾默默地给了秋禾很多帮助。这期间你的心情一直是矛盾的，因为秋禾至今待字闺中。你担心同秋禾交往过密会"引狼入室"，你担心强禁不住引诱会移情别恋。其实细细想来，自从你和强确定恋爱关系后，秋禾并没有表现出任何异常，她仍然像过去那样同你坦诚相待。至于强，或许至今都不知道秋禾曾暗恋过他。你的那些古怪念头只不过是作茧自缚。追溯矛盾产生的缘由，按错密码是个偶然，借钱给秋禾是导火索，心胸狭隘才是元凶。不把这些心魔除掉，不仅自己痛苦，还会危害他人、殃及婚姻。想明了这些道理，你顿觉浑身轻松。你决定向纠缠你多年的心"魔"彻底告别，你决定向强敌开心扉、向秋禾负荆请罪。你还想把这个教训写出来，以此告诫天下的情侣和夫妇。

"嘀铃铃，嘀铃铃"，自行车铃声又一次传来。你再也坐不住了，连忙打开了门。"叶子，叶子……"，迎接你的是强的呼唤和他那飞速而来的身影。你惊喜得颤抖起来，幸福的泪水倾泻而下，你不再矜持，也不再掩饰，一边呼唤着："强子，强子……"一边张开双臂忘情地迎上前去！

（发2008年1月30日《盐城晚报》，获盐城晚报"双沟珍宝坊"杯情感故事征文三等奖。）

振　作

积攒了一天的好心情，此刻又有美酒美景相陪，他以为会像其他人一样潇洒自如。遗憾的是他忘记自己气管发炎，碰不得一点麻辣的东西。因此当一股气流从咽喉喷薄而出，所有的坚守瞬间瓦解。

他要去一个很远的地方，这里仅是短暂停留。可是当他踏进这块热土，双腿就再也迈不开步子。于是他改变主意，要在这里永久居住。

扑面而来的绮丽风光，明媚了他的心，他像一个初生婴儿，新奇地打量着眼前的一切：沈厅的奢华，张厅的典雅，迷楼的诗意，怪楼的神秘，无不刺激着他的视觉神经。他索性雇上一条小船，任

第四辑　记忆中，那片海

由船夫指点航程。

小船在窄窄的河道中缓缓滑行，贞丰桥、福安桥、太平桥一个个地从头顶掠过。船夫告诉他，这里的古桥一头连着九百年前的过去，一头连着九百年后的今天。沿着桥上的青石往前走，就会进入一幅气韵生动、原始古朴的立体画卷，走进文化底蕴极其丰厚的历史长廊。

他深以为然。逸飞先生的《故乡的回忆》，早已让他有所领略。如今自己就坐在古镇的小船上，从一块石板、一株小树、一座古桥、一幢老屋细细地看过去，专注得如同端详自己美丽的新娘。不知不觉间，他觉得自己已慢慢地融入其中，成为别人眼中的风景，直到华灯绽放，才回到住宿的酒店。

盘点银两，还够一顿丰盛的晚餐，毫不犹豫，他跨进毗邻的豪华酒吧。点一瓶"路易老爷"，坐在幽静的临街窗口，一边欣赏夜景，一边品尝美酒。

积攒了一天的好心情，此刻又有美酒美景相陪，他以为会像其他人一样潇洒自如。遗憾的是他忘记自己气管发炎，碰不得一点麻辣的东西。因此当一股气流从咽喉喷薄而出，所有的坚守瞬间瓦解。

大哥，我们老板请您过去。

抬起泪眼，是一位年轻的服务生。隔着几张桌子，一位陌生男子，朝自己晃了一下手中的酒杯。

你们老板是谁？

我们老板姓陈。

他为什么请我？

对不起，这个得您自己去问。

去就去！他故意将脚步踩得重重的。

陈老板，有何贵干？他毫不客气地问。

呵呵，一人不喝酒，两人不打牌，咱们何不坐一起凑个乐子。

凑个乐子？行，那就干下这杯酒。

好，干杯！

一杯生两杯熟，三杯才是朋友，陈老板，咱们还得连干两杯。

朋友不在酒多少，在于真诚。兄弟，我看你也不是太能喝的。

酒逢知己千杯少，陈老板，如果你认我这个朋友，咱就一醉方休。

好，舍命陪君子。不过在醉倒之前，我们先认识认识。我姓陈，名剑平，今年四十八岁，经营一家……

知道知道，你事业有成，如日中天，不像我，贫困潦倒，穷途末日。

兄弟，你遇到了什么难处？

一言难尽，不说也罢。

在家靠父母，出门靠朋友，如果兄弟待我朋友，就请一吐为快。

你真想知道？那好，请听着，一年前我也像你一样，车如流水马如龙，花月正春风。可是今天，你还是你，我却不是我了。企业倒闭，家产被封，父母居无定所，女友离我而去，去年今朝两重天，人啊，真有意思。

你打算怎么办？

还能怎么办？一了百了。

一了百了？不太明白。

不太明白？哈，告诉你吧，这是我最后的晚餐，明天或许后天，你会看到我的新闻。

别啊兄弟，人生在世，旅途漫漫，难免曲折和坎坷，跨过这道坎，就是艳阳天。

第四辑　记忆中，那片海

嗨，我这种情况，神仙都无力。

不要悲观，任何人在成功之前，没有不遭遇失败的。爱迪生经历一万多次失败才发明灯泡，沙克使用了无数介质之后才培养出小儿麻痹症。有首歌唱得好，不经历风和雨怎么见彩虹，没有人随随便便能成功。

哈，站着说话腰不疼，这种童话，古今中外有几个？

那就以我为例。老实说，你经历的痛苦我都经历过，我经历的痛苦你却未必。比如说你有父母，疲惫了可以给你依靠。我却是个孤儿，失败了只能独自疗伤；你朝气蓬勃，有大把的时光可供使唤。我却年近半百，只能在梦中回忆青春韶华；你有学识和专长，是一支不可小视的潜力股。我却只有高中文化，在竞争激烈的现代社会毫无优势可言；更重要的是你有个健康的体魄，可以助你攀上希望之巅。我却是个癌症病人，今天脱下鞋，明天不知穿不穿。对了，我之所以请你过来，是因为我行动不便。你看我的腿，整个假冒伪劣。

对不起，我不知道……抚摸着冷森森的义肢，他震惊了。

没什么，都过去啦。有了这段经历，我才明白一个道理：命运给予的，都是我们能够承受的；无论何时，只要我们不放弃，幸福最终一定会到来……

那一晚，他们一个轻轻说着，一个静静听着，直到翌日来临，他们才握手告别。

一年后的今天，他依约来到酒吧，迎接他的却是别人。他刚想发问，手机微微一震，一条信息跳了出来：兄弟，看到你振作起来我很高兴。别再找了，我只是个普普通通的周庄人，也别感谢，我只是做了件周庄人应该做的事。与人玫瑰手有余香，如果你一定要有所表示，那么就请在可能的情况下，帮助那些需要帮助的人。

（此作获2014年"《周庄365夜》新故事"全国征文大赛优秀奖，并收入《周庄365夜》一书。）

偶　然

明白过来后，我更抓狂。于是我又抽了一夜的烟，想了一夜的事，才把决心定下。我"噗"地吐掉最后一个烟蒂，伸手推了推打着呼噜的老婆。

十二年前的马年，是我终生难忘的年份。那一年，我交上了狗屎运，干吗吗好，想啥啥来。朋友们惊讶，这个大顺，真是非同一般的顺！

我暗自得意。我姓马，名大顺，马年就是我的吉祥年、幸运年，马年不发，更待何时？

马年一过，我就掰着指头，期盼着下一个马年。望穿秋水中，我的金马"嘚嘚"而来。我摩拳擦掌、雄心勃发，准备马到成功、马上发财。可我的金马翻了脸，不仅没能赐福于我，反而踢得我鲜血淋淋。

那天，我驱车了解市场行情。到了城南批发市场，正准备找个地方随意停一停，突然冒出个程咬金——大盖帽来了！心里一慌，

第四辑 记忆中，那片海

只听得刺啦啦一声长响，糟糕，把人家宝马给吻了。我那个恨啊，我又没犯什么错，好端端的慌什么？

我是做海产生意的，往年这个时候，我的铺前人来人往，车水马龙。订货的、取货的、送货的，来了一拨又一拨，挣的银子啊，嗨，哗哗地流。今年，我压上全部家当，鲍鱼海参基围虾，什么顶级进什么。机不可失，时不再来，为了今年一搏，我已等得太久。

然而理想很美好，现实太残酷。我真的搞不懂，我那倍儿鲜的海味，咋就这么不招待见？

最郁闷的是前天，我好不容易谈成一项业务，对方承诺，只要十万加盟费，一年利润可翻番。我欣喜若狂，我的狗屎运终于来了。可是当我准备汇款时，建军来了，带给我一快灵璧石。我喜欢收藏石头，建军每次出差，都会给我惊喜。接待完建军，已到下班时分。我立即电告对方，明天一定汇钱。谁知对方竟挂了电话，并且不再理我，我顿足，我玩什么石头啊，这不是搬起石头砸自己的脚吗？！

我抽了一夜的烟，想了一夜的事，终于明白过来。

明白过来后，我更抓狂。于是我又抽了一夜的烟，想了一夜的事，才把决心定下。我"噗"地吐掉最后一个烟蒂，伸手推了推打着呼噜的老婆。

干什么呀？人家才睡着，老婆刚要抱怨，看到我兔子样的眼睛，声音这才软下来。

老婆啊，你跟建军他们说一声，自来水咱就不供给了。

为什么？

咱不是生意不顺吗？我琢磨来琢磨去，肯定是出在自来水上。

205

你没发烧吧？生意与自来水有什么关系？

关系大着哩，肥水不流外人田，自从他家接上咱的水源后，我的生意就江河日下。我清了清嗓子，坦白了刮伤宝马的事情。

那是偶然，谁让你不守交通规则？

我无言以对，只好继续论证，讲了生意赔本的事情。

还是偶然，谁让你不调查市场行情？

我很委屈，却又不好反驳，便讲了投资不成的事情。

仍是偶然，与自来水没半点关系，老婆小手一挥下了结论。

哎哟我的老婆哎，再偶然下去，咱该喝西北风了，我拉起了哭腔。宁可信其有，不可信其无，为了渡过难关，你就去说一声吧。

当初可是你上赶着，把自来水给人家接过去的。现在你要反悔，不是自打嘴巴吗？

所以才请你啊，你不是当事人，有回旋余地，再说你是个女人……

女人怎么啦？女人就可以没脸没皮？

瞧我这张嘴，尽说错话，该打！我轻轻打了自己两个嘴巴，又打躬作揖说了许多好话，才把老婆哄住。

早饭后，老婆在我的再三哀求下，终于恨恨而去。

老婆一出门，我就不安起来。我和建军是发小，大学时，他上的是警校，我读的是企管。毕业后，他当上警官，我干起小贩。去年，我们俩一起在"阳光城市"购下房产，成为紧密邻居。年初，我在两家的院子里起了个小鱼池，寓意"年年有余"，并把自家的水管接过去。建军待我不错，我不能没有回报。可以说，除了老婆，我们两家什么都可以分享。

大顺，听说你投资失败，怎么回事？抬起头，建军已站到面前。

第四辑 记忆中，那片海

哎！我长叹一声，一副不愿示人的样子。

大顺，你快点说，究竟咋回事？

建军着急了。我要的就是这个效果。于是我堂而皇之地讲起来。

你确定，没有汇款？建军追问道。

没有，我垂头丧气。

太好了！建军大叫起来。

太好了？什么意思？

那是个骗局，利用加盟为诱饵，专门欺骗生意人，据说逮捕时，那人正在等一笔汇款，因为神色反常，引起了保安注意，幸好我的造访，否则……

什么？我大吃一惊，继而大汗淋漓。

（发2014年12期《天津文学》，获"中国乡土文学论坛"2014年优秀作品奖。）

第11次应聘

总经理笑了笑说："我录用你，是因为你不为条条框框所束缚，勇于走进'禁区'，探索奥秘，这是销售部经理应具备的良好素质和开拓精神。实践证明，我的判断和选择是正确的。"

随着涌动的人流，陆小曼第11次走进招聘现场。

与大多数求职者不同，陆小曼既未刻意修饰自己，也未携带什么求职资料，这反而让她在众多的应聘者中显得超凡脱俗。

桃花红 梨花白

按理说，凭陆小曼名牌大学经管专业高才生的条件，轻轻松松找份工作应该不成问题。然而事实偏偏是，陆小曼不仅破了母校毕业生连续 10 次求职未果的记录，而且每次落聘又是如此离题。

陆小曼第一次落聘，是因为非"男"性别，不属优先考虑之列。第二次落聘，是因为非"O"血型，不符聘方录用规定。第三次落聘，是因为酒量太小，难以应酬四海客户。第四次落聘，是因为形象欠佳，难以吸引八方宾朋。第五次落聘，是因为不善歌舞，难登高雅之堂。第六次落聘，是因为不够开放，难应各种场面。第七次落聘，是因为交了异性朋友，不宜发展培养。第八次落聘，是因为过早到达聘场，不会珍惜时间。第九次落聘，是因为主动帮助整理会场，被看着是故作姿态，讨好考官。第十次落聘，是因为回答问题过于超前，被认为是哗众取宠，不切实际。

落聘的 10 个理由，让陆小曼既哭笑不得，又十分无奈。幸好，陆小曼是个开朗乐观的女孩。面对光怪陆离的职场，竟然生出趁求职之机，探索职场奥秘的念头。

这次，小曼应聘的是销售部门经理一职，面试方法也很特别，只是让大家自由参观公司。参观前，总经理一再叮嘱大家，除了研发中心 308 房间，其他任何地方都可以看。

按照总经理的叮嘱，大家依次参观了车间、厂房、生活区、娱乐区、行政区以及研发中心除 308 以外的所有房间。

参观过程中，陆小曼一直不解地思考着总经理的特别提示，觉得应该闯闯禁区，看个究竟。

等参观的人群走出研发大楼，陆小曼返回三楼，悄悄推开 308 房门。房间里只有一张桌子，桌子上有一封还未启封的署名总经理

第四辑　记忆中，那片海

收的信。陆小曼毫不犹豫地拿起沾满灰尘的信，追上参观人群，把信交给总经理。

总经理眼睛一亮，立即当众宣布，录用陆小曼为销售部经理。

怀着惊奇的心情，陆小曼坐上了销售部经理的宝座。当然，陆小曼十分珍惜这次机会，充分发挥自身的潜能，积极带领员工深入市场调查，调整销售策略，不久就为公司赢得了丰厚的利润。

庆功宴会上，陆小曼趁总经理敬酒之机悄悄地问："总经理，您能告诉我，当初录用我的理由吗？"

总经理笑了笑说："我录用你，是因为你不为条条框框所束缚，勇于走进'禁区'，探索奥秘，这是销售部经理应具备的良好素质和开拓精神。实践证明，我的判断和选择是正确的。"

陆小曼的眼睛湿润了，一种新的感悟油然而生：原来，成功之门是向每一个人敞开着的！

（发2006年2月《短小说》，2011年《给面试者的51颗巧克力》一书选登，获"一品梅"杯全国短小说征文三等奖。）

哑巴篾匠

令人想不到的是，当亲戚拉起那个女子打算离去时，女子竟突然改变了主意，说什么都不肯动身。看到女子投过来的求助眼神，哑巴一下子明白过来。明白过来的哑巴也像女子一样，脸立马红成了一朵火烧云。

桃花红 梨花白

桃李不言，下自成蹊。

哑巴的店铺自开张以来，门前就没冷落过。定做凉席的，购买筛子竹匾笸箩斗笠等日用品的，这个前脚刚走，那个后脚跟进。哑巴知道，顾客是自己的衣食父母，不管多忙都要笑脸相迎。这一笑就把客人的心给笑暖了，距离给笑近了。

哑巴上过几年聋哑学校，常用汉字大多认识。客人来了，哑巴会拿出事先备好的纸和笔，请客人写上需要的物品及要求。如果手头不是太忙，或是工作量不大的小物件，哑巴会当即给你做。如果一时完不成，也会哇啦哇啦的比画着给你解释清楚。

有个外来篾匠，见哑巴生意红红火火，自己却冷冷清清，心里老大不服气，就想找哑巴比试比试。

哑巴得知来意，不动声色地抱起一根碗口粗的大毛竹，将毛竹一头支在墙角，一头搁在自己的肩上，然后抽出腰间的篾刀，在竹梢上轻轻一勾，剖开一道缝隙，再用力一拉，只听"啪啪啪"一串脆响，竹子就裂开了好几瓣。接着哑巴又掏出不同样式的篾刀，一通劈、削、切、拉，一堆厚薄相当的篾片已然剖成。做完这一切，哑巴居然脸不变色气不喘，而那个挑战的外地篾匠，却早已没了踪影。

有了挑战的经历，哑巴越发知道了立身的道理。从此，哑巴做的活儿更精致了，思路也更开阔了。渐渐地，哑巴的店铺里出现了竹编的螳螂、蚂蚱、蝉、蝴蝶等小玩意儿，吸引得小孩子流连忘返，爱不释手。不久，哑巴又将眼睛盯向竹编茶具、竹编笔筒、竹编画等工艺，想着有朝一日，能在斗龙打出自己的品牌。

哑巴的技艺可圈可点，其他方面就不好评价了。

第四辑　记忆中，那片海

做生意讲究一手交钱一手交货，这是千百年来形成的规矩。熟悉的、信誉好的，欠着佘着自然没问题。若是不相识的，就该谨慎一点了。哑巴却不，无论熟悉与否，无论是不是现金交易，一概好好好。如此一来，就给那些奸诈小人有了可乘之机。

一次，一个外地人，在哑巴店里挑选了三千多元的货，末了摸摸口袋说身上不方便，隔天结账行不行？哑巴二话没说放了行，谁知那人竟黄鹤一去不复返。家人责怪他不该轻信别人，他却打着手语说，东西做出来就是给人用的，现在它们有了用武之地，不是很好吗？再说人家也许有难处，我们又不急等着钱用，何必斤斤计较。家人气得头直摇：你啊你啊，被人家卖了还帮着数钞票，没见你这么傻的。

十个篾匠九个驼。篾匠成天趴在地上编竹席，弯腰、曲背，怎能不驼不罗呢？哑巴的父亲当了三十多年篾匠，艰苦的劳作过早摧垮了他的身体，加之风湿痛作祟，五十岁不到就一病不起。屋漏偏遭连阴雨，父亲瘫痪不久，母亲又患上哮喘病，稍微吃点力，人就喘成一团，十八岁的哑巴，不得不过早挑起家庭重担。哑巴虽说养活家人没问题，但毕竟也是个残疾人，按照相关政策，符合低保条件。谁知乡村干部上门落实时，哑巴却像遭受天大的污蔑一般，恨不能将来人赶出门去。

傻事做多了，人们就疑惑起来。加之还有两个病病歪歪的老人需要照顾，因此三十多岁了，哑巴仍然光棍一根。一位亲戚看不下去，就帮他从云南买了个女子。成亲当晚，哑巴见女子痛不欲生的样子，顿时疑窦丛生，待弄清事情真相，立刻像一头暴怒的狮子，三步两大跨地蹿到那位亲戚面前，哇啦哇啦地冲着亲戚直发火。亲戚一时

211

桃花红 梨花白

反应不过来，哑巴就在纸上飞快地写道：谁让你这么干的？你这是拐骗，是犯罪，请你立刻把她带走，我不需要这样的婚姻！

好心当成驴肝肺，亲戚也光火了，腾地一下站起身，指着哑巴的鼻子骂道，好，我这就把她带走，你就打一辈子光棍吧，不识好歹的东西！

令人想不到的是，当亲戚拉起那个女子打算离去时，女子竟突然改变了主意，说什么都不肯动身。看到女子投过来的求助眼神，哑巴一下子明白过来。明白过来的哑巴也像女子一样，脸立马红成了一朵火烧云。

（发2012年第1期《青州文学》、2013年10月13日《昆山日报》，获"第四届青州市全民读书节小小说大奖赛"优秀奖。）

债

楚风很无奈。一边是亲情，一边是法律，他时常要面临这样的两难选择，乡亲们的恩德，已变成一个沉重的债务，压得他透不过气来。

好你个兔崽子，这就是你盖的章，这就是你办的事！

楚风一进门，爷爷就劈头盖脸骂起来。爷爷脸色铁青，一张纸在手中颤抖成风中的叶片。

糟了，露馅了，怎么会这样？楚风一把抱住爷爷。爷爷血压高，不能激动。

第四辑 记忆中，那片海

走开，别管我！爷爷推开楚风，厉声问道：我问你，张大婶和四娘娘喂你奶的事可记得？

记得。

长兴妈和翠花婶给你做衣服做鞋子的事可记得？

记得。

三大伯和锁舅舅帮咱们挑水劈柴干重活的事可记得？

记得。

念大学，一村子人帮你凑学费的事可记得？

记得。

记得你还耍滑头？记得你还糊弄人？爷爷两眼喷火，拐棍把地面戳得咚咚直响。

楚风三个月的时候，爹妈就走了，是爷爷一把屎一把尿将他拉扯大。这期间，乡亲们嘘寒问暖送钱送物，给予了莫大的帮助。稍微懂事时，爷爷就念叨，娃啊，乡亲们的大恩大德，咱什么时候都不能忘，忘了就是不孝子，就是白眼狼。楚风记着爷爷的话，学成回来后，总是尽全力接济有困难的乡亲们。逢年过节，更是大包小包的各家送。前年，楚风走上了领导岗位，找他的人越发多起来，其中不乏棘手的、难以解决的事情，这让楚风很为难。爷爷可不管，只要乡亲们开了口，一概行行行。楚风跟他讲道理，爷爷脸一板，别跟我唱高调，我只知道有恩报恩，有德报德。

爷爷认死理，又爱发脾气。楚风怕爷爷急坏身子，只好"曲线救国"，遇到绕不过去的事儿，就用收发章打发，随后提醒相关人员，公事公办。这一次，爷爷帮忙申请的，居然是一个污染企业。楚风说服不了爷爷，只好故伎重演。谁想知情的人临时外出，其他人不

213

桃花红 梨花白

了解情况，于是穿了帮。

真相大白，爷爷火冒三丈，拉把椅子往门堂里一坐，板等着楚风回来。爷爷指着楚风的鼻子说，怪不得春芽子帮人忙一帮一个准，到了你这里十有九不成，原来你压根不想办，你拍拍良心想一想，没有乡亲们你能活下来？没有乡亲们你上得起学？没有乡亲们你能有今天？你翅膀硬了，就忘根本了，就可以欺负乡亲们了，我要不教训教训你，你都不知道自己从哪儿来。

爷爷越说越生气，身子筛糠似的颤抖着，随时要倒下来的样子。楚风慌忙扶住爷爷，爷爷，您别急，都是我不好，要不您打我几下吧。

打你能挽回面子？打你能办好事情？想我不生气也成，帮他们把章盖了。

爷爷，不是孙子不听话，这个章真不能盖，盖了就是违法，就是犯错误。爷爷，您难道希望孙子犯错误？

你别总拿这话糊弄我，我问你，春芽子帮人家盖了那么多章，怎么一点事都没有？

春芽子是邻居二奶奶的儿子，担任着一个部门的头目，官场上很吃得开。春芽子讲义气，胆子又大，做事常常不顾原则。前几天，楚风就已听到风声，说他滥用职权，已引起有关部门注意，于是说道，现在廉政建设抓得这么紧，春芽子如果再一味地义气下去，总有一天会出事的。

好你个兔崽子，你良心真是被狗吃了，你不帮忙也就罢了，还诅咒人家春芽子，我怎么会有你这个东西？我打你个不孝子，我打

214

第四辑　记忆中，那片海

你个白眼狼！爷爷气坏了，颤巍巍地举起了拐棍。

楚风很无奈。一边是亲情，一边是法律，他时常要面临这样的两难选择，乡亲们的恩德，已变成一个沉重的债务，压得他透不过气来。

（发 2015 年第二期《雨花文艺》，获太仓市第二届"光辉奖"法治微小说大赛优秀奖。）

眼泪直流

雨已经停了，云层里射出万道金光，刺得昌海眼泪直流。咦，太阳咋这么刺眼？昌海一边念叨着，一边揉着眼睛。不成想，眼泪越擦越多，怎么也擦不完。

屁股一落座，老天就哭起来。雨点打在车窗上，从三滴两滴到千条万条，只用了几秒钟的过渡。

爸，还去吗？儿子刚摸方向盘，心里有点怵。

去，怎么不去？下刀子都去！昌海铁青着脸，今天对他来说太重要了，重要得什么都可以忽略。

老天在下雨，儿子也在下雨，一件厚厚的 T 袖，一忽儿就被汗水淋透。昌海可不管，两眼死死地盯着窗外。窗外白茫茫的，什么都看不清，像昌海琢磨的事，扑朔迷离。

奇怪，他们是怎么知道的？昌海死劲地想着。为了保密，昌海特意从几百里外的地方，请来挖掘手和掘土机，半夜动手，破晓结束，

桃花红 梨花白

真可谓神不知、鬼不觉。

为了探个究竟，昌海足足掂量了一个多月。大儿子要换房子，小儿子要娶媳妇，老太婆的毛病也到了根治的时刻，万一还像过去那样……呸呸，昌海拼命控制着，不让它向坏的方面想。自从爷爷说出家里埋有宝贝一事后，昌海的爹已偷偷挖过好几次。尤其是三年自然灾害期间，为了急补家用，爹差点没把屋子挖塌。大失所望的爹，生气地对昌海说，你爷真是老糊涂了，哪有什么宝贝？扯淡！从现在开始，不许再想这件事。昌海嘴里应着，心里却一直都没放下。机会终于来了，乡里调整规划，他们的房屋要搬迁。得知消息，昌海兴奋得几夜睡不着觉。

挖掘还没开始，昌海的心就狂跳起来。昌海找了个隐蔽的地方蹲下，抖抖索索地摸出根烟，打了三四次火，才把烟点上。也不知过了多久，儿子突然叫道，找到了，找到了，爸，找到了。昌海惊呆了，豁了牙的嘴巴半天洞开着。

三千枚大洋，整整齐齐地垒成一百垛，横平竖直，银光闪闪，闪得昌海心花怒放。昌海一遍一遍地数着宝贝，一遍一遍地暗暗盘算，一块银圆一百块，三千块银圆三十万。十万给大儿子换房子，十万给小儿子娶媳妇，剩下的给老太婆治病和家用，哈哈，苍天不负有心人啊。

昌海正高兴着，平地一声惊雷，姑妈把他给告了。昌海懵了，继而又跳起来，好你个乐平，眼红了咋的？想钱想疯了咋的？要钱找我啊，没准我还能给你个一千两千花花，把老母亲抬出来，亏你想得出？一笔写不出两个陈字，姑妈能告自己的亲侄子？再说嫁出去的女，泼出去的水，姑妈早年出嫁，没有尽到赡养义务，想分爷爷的遗产，没门！

　　昌海一路想着，一路恨着，到了法院，老表一家已先来到。见到白发苍苍的老姑妈，昌海本能地迎上前，可一想到律师的话，脚步就拐了弯。

　　律师说，能不能保住财产，原告的身份是关键。昌海已拿定主意，姑妈许多年前就出嫁了，爷爷也已逝去五十多年，档案上无从查找，只要自己死不承认，法院就不能把咱怎样。

　　果然，法官核实姑妈身份了。乐平拿出几张纸，说是已经取得证据。搬家时，昌海从爷爷的遗物中，看到了几封姑妈的信。乐平手上的东西，难道是爷爷的回信？昌海的心提到了嗓子眼，冷汗出了一身。

　　谁知法官说道，这份证据只能证明你们两家是亲戚，不能证明原告是陈老憨的女儿。

　　怎么不能？这是我妈娘家村里和邻居给出的啊，不信你们看看，我妈同陈家人像不像？妈，你就是证人，你告诉法官，你是不是陈老憨的女儿。乐平摇晃着母亲，脸急得赤红赤红。对了妈，姥爷曾给你写过信，那些信你一直收藏着，你告诉儿子放在哪，儿子这就回去拿。

　　别问了，我什么都没有，什么都不知道！老人突然开口了，话语震撼着在场的每一个人。昌海愣了一下，继而眼睛模糊了，他想起儿时同乐平一起嬉戏的情景，想起生病时姑妈的精心照料，想起求学时住在姑妈家的快乐时光，想起断粮时姑妈一趟趟的接济……

　　昌海，咱们胜诉了！律师的话，打断了昌海的沉思。昌海抬头

桃花红 梨花白

望去，原告席上空荡荡的，只有几张纸躺在那里，像一个遗弃儿，孤零零的。

雨已经停了，云层里射出万道金光，刺得昌海眼泪直流。咦，太阳咋这么刺眼？昌海一边念叨着，一边揉着眼睛。不成想，眼泪越擦越多，怎么也擦不完。

（发2015年第二期《短小说》，入选《2015中国年度微型小说》，获2015年中国乡土文学论坛优秀作品奖。）